Michaela Schwarz

Meine Nacht mit Anna

atb aufbau taschenbuch

MICHAELA SCHWARZ arbeitet als Homoöpathin und lebt mit ihrer Familie und ihrem Mischling (Bearded Collie-Großer Münsterländer) in der Nähe von Köln. In dieses Buch hat sie viele eigene Erfahrungen und Erlebnisse mit ihrem Hund eingebracht.

Jasper ist der stärkste Hund im Park – nun, zumindest glaubt er das. In seiner Familie ist er – in seinen Augen – unbestritten die Nummer eins, auch wenn er seiner Herrin Mo gelegentlich auf die Nerven fällt. Mit seinem Herrn Herbert steht er auf Kriegsfuß, doch zum Glück gibt es Anna, seine junge Gefährtin. Als Anna eines Nachts krank in ihrem Korb liegt, beginnt Jasper aus seinem Hundeleben zu erzählen. Manches Geheimnis offenbart er der geliebten Hündin zu seiner eigenen Überraschung. Und dann, am Ende der Nacht passiert etwas, mit dem Jasper am allerwenigsten gerechnet hat.

Michaela Schwarz

Meine Nacht mit Anna

Eine Hunde-Geschichte

aufbau taschenbuch

ISBN 978-3-7466-2638-3

Aufbau Taschenbuch ist eine Marke der Aufbau Verlag GmbH & Co. KG

1. Auflage 2011

Die Originalausgabe erschien 2009 bei Rütten & Loening,
einer Marke der Aufbau Verlag GmbH & Co. KG
Umschlaggestaltung Henkel/Lemme, Berlin
unter Verwendung eines Fotos von © getty-images/Chris Amaral
Druck und Binden CPI Moravia Books, Pohořelice
Printed in Czech Republic

www.aufbau-verlag.de

»Ein Hund spiegelt die Familie. Wer sah jemals einen munteren Hund in einer verdrießlichen Familie oder einen traurigen in einer glücklichen? Mürrische Leute haben mürrische Hunde, gefährliche Leute gefährliche.«

Arthur Conan Doyle

1.

Endlich hatte ich den großen weißen Knochen gefunden, von dem ich so oft geträumt hatte. Wie lange schon hatten wir nach ihm gesucht, ich und all meine Vorfahren und Vorvorfahren! Es war eine alte Geschichte, die man sich seit vielen und noch mal vielen Jahren erzählte: Irgendwo tief in der Erde sollte es einen riesigen Knochen geben, der nach Erde und Himmel roch und an dem man sich immer satt essen konnte. Wenn man diesen Knochen fand, würde man niemals mehr Hunger leiden, sondern immer frei und glücklich sein. Doch wo genau dieser Knochen lag, hatte noch nie jemand herausgefunden, da hatte selbst die feinste Nase nichts geholfen.

Nun aber lag er vor mir, zweifelsfrei. Ich hatte ihn entdeckt, unten am großen Wasser. Ich hatte auf gut Glück auf einem schmalen Stück Land gebuddelt und war plötzlich auf einen wunderbaren Duft und einen harten Gegenstand gestoßen. Der Sand war feucht und ließ sich recht mühelos beiseiteschieben. Allerdings musste ich so tief graben, dass ich beinahe ganz in dem Loch verschwand. Ich arbeitete fieberhaft und hörte nur die Vögel über dem Wasser schreien. Zum Glück störte mich niemand, keine Mo, kein Herbert, kein Rex, keine Anna.

So strahlend weiß schimmerte der Knochen, und so

wunderbar roch er, dass mir das Wasser im Maul zusammenlief. Er war tatsächlich riesig. Wäre ich in Wahrheit nicht so bescheiden gewesen, hätte ich einen lauten Schrei getan. Ich, Jasper der Erste, hatte ihn gefunden, den heiligen Knochen, das größte Rätsel unseres Universums. Meine Mission, den Knochen zu finden, hatte seine Erfüllung gefunden.

Ich beugte mich vor, schnüffelte, zog den Knochen noch ein wenig ans Tageslicht und bereitete mich auf den großen Moment vor: der erste Leckerbissen. Von nun an würde ich niemals mehr Kohldampf schieben ... und niemals mehr die Menschen bewundern, wenn sie an ihrer Kühlschranktür hantierten oder mit einem Werkzeug eine Dose aufmachten. Ich würde zum Helden aller Hunde werden. Der weiße Knochen gehörte mir.

Plötzlich zuckte ich zusammen. Jemand stieß mich hart in die Seite. Konnte es einen Rivalen geben? War ich gar nicht allein am heiligen Knochen? Hatte Rex, die Nervensäge, sich wieder an meine Fersen geheftet, um mir die Tour zu vermasseln?

Ich begann zu knurren, eindringlich, aber nicht zu großspurig. Schließlich konnte man nicht wissen, wer einem da Ärger machen wollte.

»Jasper!«, hörte ich dann eine schwache Stimme. »Jasper, du musst mir helfen! Mir ist todschlecht!«

Diese Stimme kam mir vage bekannt vor. Sie klang leise und zaghaft und eindeutig weiblich. Also bestand keine Gefahr, dass es großen Ärger geben könnte, aber mein Gott, was suchte Anna hier am großen weißen Knochen?

Wieder traf mich etwas in die Flanke. Schließlich öffnete

ich die Augen. Der weiße Knochen verschwand und löste sich buchstäblich in nichts auf. Selbst auf meiner Zunge hatte ich seinen Geschmack nicht mehr.

Ich lag in unserer kalten Diele auf meiner Decke. Es war bereits dunkel. Mattes Licht fiel von der Straßenlaterne herein. Ich musste tief und fest geschlafen haben.

Anna schaute mich an. Ihre Augen waren groß und voller Angst. Seit sie vor drei Jahren gekommen war, hatte ich ihr, ganz Kavalier, meinen angestammten Platz im Korb abgetreten und schlief auf einer alten Decke neben ihr.

»Jasper«, flüsterte sie, »Gott sei Dank, du bist wach! Mir ist schlecht. Ich glaube, ich muss mich übergeben.«

Mühsam richtete ich mich auf. Ich bin ein Mischling, schwarz-weiß gelockt, wiege muskulöse achtundzwanzig Kilo, ohne dabei auch nur das kleinste Fettpolster zu haben. Meine Klugheit ist berüchtigt, und außerdem bin ich der schnellste Hund im Park, wenn es darauf ankommt. Anna, meine kleine Labrador-Gefährtin, steht unter meinem persönlichen Schutz.

Anna rutschte in ihrem Korb hin und her. Sie roch anders als sonst, irgendwie fremd und krank.

»Meinst du, dass ich mich vergiftet haben könnte?«, fragte sie ängstlich.

»Wieso vergiftet?«, fragte ich zurück und streckte mich leicht. Ich mochte es eigentlich nicht, wenn man meinen frühen Nachtschlaf störte. Die ersten Träume waren immer die schönsten.

»Ich weiß nicht«, flüsterte Anna. »In meinem Bauch rumpelt es, und mir wird immer schwindlig, und überhaupt ...«

Wie um ihre Worte zu beweisen, würgte und röchelte sie, und dann sank ihr schöner Kopf zur Seite.

Sofort war ich hellwach und begriff den Ernst der Lage. »Soll ich die Mo holen?«, fragte ich. Mo nannte sich unsere Herrin, eine rothaarige Menschenfrau, die oben in ihrem Zimmer an einem Elektrokasten kleinere und größere Häuser entwarf. Meistens war sie freundlich zu uns, allerdings konnte sie auch ungemütlich werden, wenn wir einmal nicht ihrer Meinung waren und uns taub stellten, was ihre Kommandos anging. Herbert, ihr Mann, war Ingenieur und meistens unterwegs. Oskar und Micha hießen ihre Jungen, die sich aber nicht groß um uns kümmerten. Sie hockten meistens auch vor einem Kasten mit schnellen bunten Bildern, und manchmal strich Micha mit einem Stock auf einer mit vier Saiten bespannten Holzkiste herum und machte Geräusche, die einen in den Wahnsinn treiben konnten.

»Lass mich bloß nicht allein!«, stöhnte Anna mit geschlossenen Augen. »Ich habe Angst. Kann man an einer Vergiftung sterben?« Dann ruckte ihr Kopf vor, und es klang, als würde sie besonders heftig hecheln. Weißer Schaum trat ihr vor das Maul.

Ich bin kein Feigling – Rex, Gus und Bobby seien meine Zeugen –, aber nun wurde auch mir mulmig zumute. Am liebsten hätte ich mich gleich neben Anna gelegt und hätte auch gelitten.

»Hast du im Park wieder heimlich weggeworfene Tüten ausgeleckt?«, fragte ich sie, zugegeben, ein wenig altklug und vorwurfsvoll. »Oder hast du ein weggeworfenes Papiertaschentuch gefressen?«

Anna war noch jung und unerfahren, sie machte solche Sachen, weil sie gewissen Düften nicht widerstehen konnte. Sobald irgendetwas nach altem Fett und Ketchup roch, war sie mit ihrer vorwitzigen blauen Zunge zur Stelle und leckte alles auf, gleichgültig, ob es ihr bekam oder nicht.

»Ich weiß nicht«, flüsterte sie, was schon so gut wie ein Schuldeingeständnis war.

»Anna, Mo hat dir tausendmal gesagt, dass du nichts fressen sollst, was ...« Ich brach ab. Es hatte ja gar keinen Sinn, ihr Vorwürfe zu machen. Mo und ihre Jungen taten das schon häufig genug.

»Kannst du mir nicht etwas erzählen, damit es mir bessergeht?«, fragte Anna so leise, dass ich sie kaum verstehen konnte. »Irgendeine Geschichte aus deinem Leben? Vielleicht sterbe ich dann nicht.«

He, Anna, wollte ich sagen, du darfst gar nicht daran denken, dass du sterben könntest. Wir haben doch noch so viel vor: Die Kaninchensaison ist eröffnet, da gibt es immer eine Menge zu jagen und zu buddeln. Außerdem beginnt nun auch die Badezeit am großen Wasser, und gemeinsam wollten wir den großen weißen Knochen finden, von dem ich immer träume, und auf immer und ewig glücklich sein.

»Was soll ich denn erzählen?«, flüsterte ich hilflos zurück. Ich rede eigentlich ganz gern, allerdings nicht mitten in der Nacht.

»Irgendwas«, murmelte sie schwach. »Dann wird es mir gleich bessergehen.«

Schön, dass Mädchen sich nie entscheiden können, selbst wenn ihnen todschlecht ist.

»Na gut«, sagte ich. »Erzähle ich also, wie ich bei Mo angekommen bin. Da gab's dich noch gar nicht. Da hast du noch oben im Himmel auf einer Wolke im Korb gelegen und von großen, schwarzgelockten Mischlingen geträumt.«

Ankunft mit tierischen Problemen

Ehrlich gesagt, Anna, muss ich ein paar Dinge richtigstellen, die ich vielleicht bisher immer ein wenig anders erzählt habe. Ich nenne mich zwar Jasper der Erste, damit die anderen im Park ihren Respekt vor mir nicht verlieren, aber wenn man es genau nimmt, bin ich gar nicht als Erster auf die Welt gekommen.

Meine Mutter war eine Münsterländerin, braun, mit schönen zarten Augen und einer rauen Zunge, mit der sie mir gerne über das Gesicht schleckte. Mein Vater war ein Bearded Collie auf der Durchreise. Ihn habe ich nie kennengelernt, aber von ihm habe ich mein schwarzes, dichtes Fell. Er soll ein richtig scharfer Hund gewesen sein. Allerdings hat meine Mutter nur einmal, als ich besonders hartnäckig gefragt habe, über ihn gesprochen. Ansonsten war das Thema Vater in den paar Wochen nach meiner Geburt tabu. Mein Vater galt als Herumtreiber, den man wohl nie wiedersehen würde – und wenn, würde man ihn gleich aus dem Dorf jagen.

Ich war der Fünfte und Letzte im Wurf. Ich erinnere mich noch, dass es in unserem Korb immer ziemlich eng und laut war. Mich haben meine dreisten Geschwister besonders selten an die Zitzen meiner Mutter gelassen. Ständig wurde gekeift und geknufft. Rüdiger, mein ältester Bruder, den ich Gott sei Dank lange aus den Augen verloren habe, hat sich dabei am schlechtesten benommen. Noch heute träume ich manchmal davon, ihm sein ständiges Geknuffe und Gebeiße heimzahlen zu können. Meine Schwester Bella, die mit ihrer breiten Schnauze eigentlich hässlich war, stellte sich auch recht übel an. Ständig jaulte sie und schlich um unsere Mutter herum und tat so, als hätte ich ihr etwas getan, dabei verhielt es sich genau umgekehrt. Eigentlich ließ man mich nur dann in Ruhe trinken, wenn man genau wusste, dass meine Mutter gar keine Milch mehr hatte, aber ich wurde ein Meister darin, auch noch den letzten Tropfen aus ihr herauszuschlecken, womit ich mir allerdings auch nicht ihre größte Sympathie erwarb.

Als nach und nach alle meine Geschwister abgeholt wurden und aus dem Korb verschwanden, war ich ziemlich froh. Nun, glaubte ich, hätte ich meine Mutter ganz für mich und könnte mich immer satt trinken. Dabei wollte mich nur niemand. Die Leute, die ständig kamen, um sich uns Welpen anzusehen, guckten über mich hinweg. Von »süß«, »drollig« und »niedlich«, wie meine Geschwister tituliert wurden, konnte bei mir keine Rede sein. Ich war dünn, tapsig und kein bisschen imposant. Außerdem liebte ich es, mindestens den halben Tag zu schlafen.

Als die Herrin meiner Mutter, eine graue, freudlose Frau, die Honig und Milch verkaufte, schon überlegte, mich in ein Tierheim zu geben, tauchte schließlich Mo auf. Sie kaufte bei der Frau gesundes Gemüse, lachte über mich und wollte mich auch nicht mitnehmen. Erst als sie hörte, dass ich ins

Tierheim sollte, begann sie sich ernsthafter für mich zu interessieren.

»Herbert würde nicht begeistert sein«, sagte sie zu der Honigverkäuferin. »Aber er würde sich daran gewöhnen.« Dann strich sie ihre roten Locken zurück und lachte wieder ihr ausgelassenes Lachen, das mir genauso gut gefiel wie ihr Geruch von Wind und frischen Blättern. Ich hatte noch keine Ahnung, dass Herbert ihr Mann war, der mich dann tatsächlich fast einen Monat lang ignorierte und über mich wie über ein totes Möbelstück hinwegstieg.

Irgendwie, obwohl ich erst sechs Wochen alt war, begriff ich den Ernst der Lage. Ich musste es schaffen, Mo für mich zu begeistern – oder ich war verloren. Ich schlich um ihre Beine herum, wie es eigentlich nur blöde Katzen tun, und redete mit den Augen zu ihr: He, sagte ich, auch wenn es auf den ersten Blick vielleicht nicht so aussieht, bin ich der schönste und klügste Hund, den man sich denken kann. Außerdem bin ich total pflegeleicht. Ich werde immer alles tun, was du willst, wenn du mich nur mitnimmst. Ich werde nie irgendwelche Schuhe zerbeißen, nie hinter heißen Hündinnen herlaufen, werde mich nie in warmen Pfützen wälzen, und bevor ich ins Haus gehe, putze ich mir ganz bestimmt die Füße ab.

Offen gesagt, Anna, versprach ich Dinge, von denen ich schon damals wusste, dass ich sie niemals einhalten würde. Trotzdem hatte ich Erfolg.

Mo sagte: »Herbert und die ganze Nachbarschaft werden nicht begeistert sein, aber wenn ein Hund einmal da ist, dann ist er da, und dann kann man ihn auch nicht wieder zurückbringen.« Dass sie ein Faible für weibliche Logik besaß, stellte sie auch später noch Beweis, als sie mich mit den Worten: »Wer da ist, ist da!« allen Nachbarn in der Straße präsentierte.

Dann trug sie mich zu ihrem Wagen.

Ich war erfreut und total aufgeregt, und vielleicht wurde mir darum während der Fahrt schlecht. Oder vielleicht auch, weil dieses Auto eine echte Höllenmaschine war, die mindestens zehnmal so schnell lief wie ein ausgewachsener Hund. Es ruckelte und rumpelte so sehr, dass ich alles, was ich in meinem Magen hatte, von mir geben musste.

Ganz elend wurde ich von Mo aus dem Wagen gehievt und zum Haus getragen, und da, auf ihren blinkenden, sauberen Holzdielen passierte mir das nächste Missgeschick. Ich spürte plötzlich einen solchen Druck, dass ich mich auf der Stelle erleichtern musste. Unter mir entstand, eine Art Willkommensgeschenk, eine warme und, wie ich fand, wohlriechende Pfütze, aber Mo schrie gleich los und holte Lappen und einen Eimer, um unter großem Gefluche alles wegzuwischen.

Zum Glück war Herbert nicht zu Hause, sondern nur die Jungen Oskar und Micha. Oskar roch sonderbar und lag mit einem Gipsarm auf dem Sofa. Er hatte sich beim Fußballspielen den Arm gebrochen. Am liebsten hätte ich mich bei ihm unter den Kissen versteckt, aber er schob mich immer wieder zurück. Auch bei ihm musste ich erst gut Wetter machen. Schließlich schaffte ich es immerhin, mich zu seinen Füßen hinzulegen.

Vor Angst tat ich die ganze Nacht kein Auge zu. Ich

glaube, ich war der ängstlichste Hund der Welt. Im ganzen Haus roch es seltsam, scharf und ätzend, nach Putzmitteln und alten Schuhen. Immer wieder schreckte ich auf.

Ich jaulte nach meiner Mutter, die so wunderbar gerochen hatte, nach meiner alten Decke, dem einzigen Stück Sicherheit, das es neben meiner Mutter für mich gegeben hatte. Nichts tat sich auf mein Winseln hin, also versuchte ich, die Holztreppe zu Mo hinaufzulaufen. Ich rollte aber immer wieder die verdammten Stufen hinunter und hätte mir fast den Hals gebrochen.

Du musst dir das einmal vorstellen, Anna: Ich war so klein, dass ich nicht einmal eine Treppe hinaufgehen konnte.

Noch schlimmer wurde mein erster Spaziergang in die feindliche Welt. Mo legte mir ein Band um den Hals, dass ich schon glaubte, sie wollte mich erdrosseln. Über mir schwangen sich riesige Vögel hin und her, und von allen Seiten strömten die merkwürdigsten Gerüche auf mich ein. Botschaften voller Namen waberten um mich herum. Hanko, Gus, Arko, Moritz – es schien, als würden tausend Hunde in dieser Gegend umherlaufen und nur darauf warten, sich auf mich stürzen zu können. Es hätte mich nicht gewundert, wenn auch Rüdiger, mein Hass-Bruder, irgendwo auf mich gewartet hätte, um mir eine Abreibung zu erteilen.

Als ich mein Bein hob, um meine Marke mit dem Namen Jasper zu hinterlassen, knickte ich ein und landete auf der Schnauze. Mo und ihre Jungen lachten herzhaft, was mich richtig zornig machte. Ich wand mich aus dem Band, das viel zu locker um meinen Kopf lag, und sprang davon.

Eigentlich wollte ich nach Hause laufen. Ich hatte die Nase

voll von Mo und all dem Lärm und den fremden, furchterregenden Gerüchen um mich herum. Hier würde ich niemals zurechtkommen, da war ich mir ganz sicher. Nirgendwo anders als an der Seite meiner Mutter würde ich mein Leben verbringen können.

Mo rief mir etwas nach, aber ich hörte gar nicht hin. So schnell, wie mich meine Füße trugen, rannte ich auf ein Wäldchen zu. Sand klebte mir an den Pfoten, und ich war schrecklich außer Atem, als ein großes hoppelndes Wesen meinen Weg kreuzte. Ich erschrak, dass mir beinahe das Herz stehenblieb. Das Wesen rümpfte die Nase und schaute mich an. Es roch eindeutig anders als alles, was mir bisher vor meine zarte Schnauze gekommen war. Ich gab ein Bellen von mir, das allerdings ziemlich kläglich ausfiel und keinen Eindruck auf das Wesen machte. Dann machte es einen tollkühnen und gar nicht ängstlichen Sprung auf mich zu, und ich jagte Richtung Wäldchen davon und versteckte mich unter einem Busch.

Irgendwie tief in mir schämte ich mich, aber kaum hockte ich in dem Gebüsch, sprach mich jemand an.

»Hast du auch Angst vor dem Riesenkaninchen?«, fragte eine piepsige Stimme.

Ich drehte mich um und wäre am liebsten im Erdboden versunken. Ein anderer Hund kauerte da, der ebenso jung und eingeschüchtert war wie ich und der meine Flucht genau beobachtet hatte.

Vielleicht kannst du es dir denken, Anna. Es war Rex, der manchmal so dreist ist, dir im Park schöne Augen zu machen. Er war genauso ein Feigling wie ich.

Wir nickten uns zu und schauten uns tief in die Augen. Erst als das Kaninchen verschwunden war, trauten wir uns wieder hervor. Reumütig trabte ich zu Mo zurück.

Klar, dass Rex und ich später niemals auch nur ein Wort über diesen peinlichen Vorfall verloren.

2.

Anna!« Ich tippte sie mit der Schnauze an. Mühsam öffnete sie die Augen.

»Hast du mir überhaupt zugehört?«

Sie nickte. »Die Geschichte mit dem Kaninchen kannte ich schon. Rex hat sie mir erzählt.«

Einen Moment lang wollte ich wütend werden. Hinter meinem Rücken erzählte Rex ihr Geschichten über mich, in denen ich keine gute Figur abgab, und versuchte sich womöglich bei ihr einzuschmeicheln? Dann aber fiel mir auf, dass Anna noch müder und angestrengter aussah. Sie wandte ihren Kopf ab und bewegte sich unruhig hin und her.

»Kannst du mir nicht sagen, was du gefressen hast?«, fragte ich. Eigentlich wollte ich freundlich klingen, aber irgendwie schob sich doch ein barscher Unterton in meine Stimme. Manchmal machten sich Menschen einen Spaß daraus, alte vergammelte Brote in den Park zu werfen, oder – noch gemeiner – sie legten Wurst aus, in die sie zuvor spitze Glasscherben versteckten. Heutzutage konnte man gar nicht vorsichtig genug sein, aber daran dachte Anna in ihrem Leichtsinn oft nicht.

»Ich weiß nicht«, hauchte sie mühsam. »Eigentlich habe

ich an diesem Wurstbrot hinter dem Spielplatz nur geschnuppert.«

»Vielleicht sollten wir doch Mo Bescheid sagen«, meinte ich hilflos. »So eine Vergiftung ist keine harmlose Sache.« Besser erzählte ich Anna nicht, dass mein alter Freund Hanko vor vier Jahren an einem Brocken vergiftetem Fleisch eingegangen war. Noch heute vermisste ich ihn manchmal.

»Bleib bloß bei mir!«, sagte Anna. Sie schloss ihre Augen wieder.

Der Gedanke, dass sie auch vergiftetes Fleisch gefressen haben könnte, ging mir nicht mehr aus dem Kopf. Ich musste Mo holen, unbedingt.

Anna hatte den Kopf auf ihre Vorderpfote gelegt. Ihr Atem klang regelmäßiger, und als ich beinahe sicher war, dass sie endlich schlief, schlich ich zur Treppe. Es war dunkel im Haus, aber natürlich kannte ich meinen Weg auch in der größten Finsternis. Vorsichtig, mit eingezogenen Krallen, weil Mo mir immer Vorwürfe machte, ich würde ihren Holzboden zerkratzen, tappte ich die Treppe hinauf. Als ich mich umblickte, hörte ich von Anna nur ein leises, schlaftrunkenes Stöhnen.

Wenn ihr Mann nicht da war, schlief Mo meistens oben in ihrem Atelier, da konnte ich sie leicht wecken, indem ich mich einmal kräftig reckte, aber ausgerechnet in dieser Nacht war Herbert zu Hause. Die Tür zu ihrem Schlafzimmer war geschlossen. Ich lauschte. Hörte ich da Stimmen und leises Lachen hinter dem Holz? Ich war mir ziemlich sicher. Sobald er allein mit Mo zusammen war, konnte Herbert richtig fröhlich sein. Mit mir sprang er eher unfreundlich herum. »Jasper, Platz!« – »Jasper, bleib!« »Jasper, hier!« Er hatte einen großen Spaß daran, mich herumzukommandieren, und glaubte gelegentlich, mich drillen zu müssen. Bei ihm durfte ich nie als Erster zur Tür hereinspringen, und an das Fressen durfte ich auch nur, wenn er mir die Erlaubnis gab. »Hol's dir, Jasper!« Eine halbe Ewigkeit hatte er mich schon einmal vor einer halben, köstlich riechenden Wurst hocken lassen und hatte seinen Spaß an diesem Spiel gehabt.

Mo war zum Glück weniger streng. Für sie hatte ich mir aus einer gewissen Dankbarkeit heraus ein besonderes Begrüßungsritual ausgedacht, bevor wir morgens in den Park gingen. Erst reckte ich mich lautstark, dann sprang ich sie von der Seite an, als würde ich sie rempeln wollen. Danach, als kleine Steigerung, hüpfte ich ihr mehrmals frontal gegen die Brust, und, als letzten Gunstbeweis, sprang ich jaulend so hoch, wie ich konnte, und tat, als wollte ich ihr das Gesicht schlecken, was ich aber niemals machte, weil ich wusste, wie unwillig sie darauf reagieren würde.

Nun reckte ich mich probehalber und gähnte laut und vernehmlich, um weiter auf mich aufmerksam zu machen. Wenn Mo ihr Gesicht herausstreckte, würde ich es bestimmt schaffen, sie zu Anna zu locken.

Hinter der Tür tat sich jedoch nichts, also begann ich zu kratzen. Kaum hatte ich einmal mit meiner rechten Vorderpfote über das Holz gestrichen, hörte ich Herberts Stimme: »Verschwinde, Jasper! Hau ab! Du nervst!«

Komisch, woher wusste er so genau, dass ich das war – und

nicht Anna? Seine Nase war eine Menschennase, was also bedeutete, dass er mich kaum am Geruch erkennen konnte. Menschen riechen so gut wie nichts.

Herbert schien sehr schlechte Laune zu haben. Wenn er so klang, war mit ihm nicht zu spaßen. Vor einiger Zeit hatte er sogar einen großen, gläsernen Aschenbecher nach mir geworfen, nur weil ich dringend vor die Tür gewollt hatte.

Sollte ich richtig Krach schlagen? So als wäre ein Einbrecher im Haus? Aber das würde wahrscheinlich nichts nützen. Einmal waren tatsächlich zwei Einbrecher über die Terrassentür eingedrungen, und ich hatte nichts gesagt, keinen Ton, weil ich zu müde gewesen war und gedacht hatte, das ganze Hin und Her der Menschen ginge mich nichts an. Hinterher hatte Mo darüber jede Menge spitze Bemerkungen gemacht, ich sei ein Feigling, eine Schlafmütze, ein infantiler Trottel und so weiter. Da hatte es auch nichts genutzt, dass ich ihr mit den Augen zu verstehen gab, dass ich von Natur aus kein Wachhund war. Meine Vorfahren waren auf das Hüten von Schafen spezialisiert gewesen, nicht auf das Fangen von Einbrechern, die möglicherweise sogar bewaffnet gewesen waren.

»Er hört, dass wir hier Spaß haben, und ist eifersüchtig. Er will dabei sein«, hörte ich Mo leise sagen.

»Ist mir egal«, erwiderte Herbert. Er atmete tief ein, dann hörte ich, wie er sich aufrichtete. Das Bett knarrte. Er war in den letzten Jahren ein wenig dicker geworden, während er bei mir weiterhin darauf achtete, dass ich nie ein bisschen mehr in meinem Napf hatte. »Früher haben uns nachts unsere Kinder gestört. Dagegen konnte man nichts machen, aber Jasper ist nur ein penetranter, egoistischer Hund.«

Ich nahm wahr, wie seine nackten Füße sich näherten. Dann wurde die Tür geöffnet. Ich wollte ihn freundlich anblicken, so devot von unten herauf, wie Menschen es lieben, aber wahrscheinlich misslang mir dieser Blick, weil Herbert auf überaus verwirrende Weise nach Mo roch, als er vor mir stand.

»Jasper, hör auf zu nerven!«, rief er und warf mit einem Schuh nach mir. Polternd flog das Lederstück knapp an meinem rechten Ohr vorbei, ohne größeren Schaden anzurichten. Dann wurde die Tür wieder geschlossen. Herbert schlurfte triumphierend zurück zu seinem Bett. Es knarrte wieder, und ich hörte Mo leise reden und kichern.

Wie ungerecht und unsensibel sie waren! Konnten sie sich nicht denken, dass ich so etwas nicht zum Spaß machte, sondern wirklich etwas auf dem Herzen hatte, wenn ich mitten in der Nacht vor ihrer Tür stand? Es war schließlich nicht Silvester, wo einem die Knallerei den letzten Nerv raubte und ich mich immer unter ihrem Bett versteckte.

Nun hätte ich eigentlich warnend losbellen müssen. Was war, wenn Anna wirklich starb, weil sie irgendein weggeworfenes, verschimmeltes Brot gefressen hatte? Jeder wusste, dass sie einen sehr empfindlichen Magen hatte.

Ich trat von einem Bein auf das andere und fragte mich, was ich tun sollte. Da hörte ich von unten ihre schwache, flehende Stimme.

»Jasper, wo bist du?«

Na prima, Herbert hatte mit seinem Gezeter dafür gesorgt, dass Anna wieder aufgewacht war.

Ich seufzte und lief die Treppe hinunter, diesmal weit weniger vorsichtig. Es war mir nun völlig gleichgültig, ob ich einen Kratzer in das Holz machte. War ja nicht meine Schuld, wenn die Menschen nicht auf mich hörten.

Anna hob den Kopf und schaute mich vorwurfsvoll an. »Du darfst mich nicht mehr alleine lassen«, sagte sie. Ein dunkles Licht stand in ihren Augen. »Versprich mir das!«

Ich nickte. »Ich wollte doch nur Mo Bescheid geben ...«

»Bitte«, hauchte sie. »Ich fühle mich einsam, wenn du nicht da bist. Hast du dich noch nie einsam gefühlt?« Ihre Zunge hing halb aus ihrem Maul, so als würde sie schlecht Luft bekommen.

»Doch«, antwortete ich, »schon oft. Einmal habe ich gedacht, dass ich vor Einsamkeit sterben würde.« Als ich meine Worte ausgesprochen hatte, wusste ich gleich, dass ich einen Fehler begangen hatte. Kranken sollte man nichts von Krankheiten und Tod erzählen.

»Wirklich sterben?« Anna musste plötzlich würgen.

Ich wich erschreckt zurück. »Nein, nicht wirklich sterben, aber mir war hundeelend.«

»Wann genau war das?« Obwohl sie sich so schlecht fühlte, konnte Anna ihre Neugier nicht verbergen.

»Als Mo einmal ohne mich in Urlaub gefahren ist. Da haben sie etwas getan, was ich ihnen niemals verzeihen werde.« Bitterkeit schlich sich in meine Stimme. Ich hatte es fast vergessen gehabt, aber nun kehrte mit einem Schlag die Erinnerung zurück.

»Erzählst du mir davon?«, fragte Anna.

Ich seufzte. Wenn ich alles lang und breit schilderte, würde sie hoffentlich wieder einschlafen.

Hundeelend

Ich wusste gleich, dass etwas im Busch war. Ein Geruch von Aufregung und Hektik zog durchs Haus. Alle liefen hin und her. Koffer wurden aus dem Keller geholt und durch das Haus geschleppt. Herbert war gereizt wie selten, und Mo stand vor dem Spiegel und probierte immer neue Kleider an, die ich noch nie an ihr gesehen hatte. Um mich kümmerte sich niemand, und als alle Koffer gepackt waren und im Flur standen, begann ich zu ahnen, dass sie sich ohne mich davonmachen wollten. Meinen Napf und meinen Korb hatte niemand angerührt. Aber konnte das sein? Gehörte ich nicht zur Familie? Würden sie ausziehen und mich dalassen? Im Park hatte ich einmal davon gehört, dass es Menschen gab, die Hunde einfach an einem Baum festbanden und dann verschwanden.

Nein, sagte ich mir, so wird es mir nicht ergehen. Herbert ist alles zuzutrauen, für ihn lege ich keine Pfote ins Feuer, aber Mo lässt mich niemals im Stich.

Als Mo dann nach meiner Leine griff, war ich einigermaßen beruhigt, wenn auch ein Flattern im Magen nicht ganz aufhören wollte. Vielleicht hat Herbert ja vor, mit den Jungen abzuhauen, redete ich mir ein, nun gut, dann bliebe ich eben mit Mo allein zurück, wäre auch nicht schlecht.

Aber warum hatte sie dann all die Kleider anprobiert und in den Koffer gestopft?

Überrascht musste ich feststellen, dass Mo den Eingang zum Park links liegenließ. Sie hatte offensichtlich ein anderes Ziel. Ich begriff allzu bald, wohin sie steuerte. Eine furchtbare Geruchswolke wehte mir schon vor der letzten Biegung entgegen. Nirgendwo auf der Welt roch es furchtbarer: nach Angst, Schmerzen und purer Verzweiflung. Mo ging mit mir zu einem Ort, den alle Hunde dieser Welt meiden wie die Staupe. Dreimal war ich schon mit ihr da gewesen und hatte es dreimal nur knapp überlebt.

Anna, du kannst es dir denken: Wir waren auf dem Weg zu Doktor Frischmuth, dem Tierarzt, der mir einen ekelhaften Maulkorb umgebunden und mich mit einer langen Nadel in den Allerwertesten gestochen hatte.

Aber was sollte ich dort? Mir fehlte nichts. Ich war der gesündeste Hund im ganzen Park. Meine letzte Magenverstimmung lag Monate zurück.

Doch die Gerüche waren eindeutig. So roch es nur bei Doktor Frischmuth.

Je langsamer ich wurde, desto heftiger und unerbittlicher zerrte Mo an der Leine. Sie warf mir einen ungeduldigen Blick zu und schien keinerlei Gewissensbisse zu haben.

Was soll der Unsinn? fragte ich sie mit den Augen. Was hast du bei diesem Tierquäler mit mir vor? Will er mich wieder mit einer Nadel stechen? Oder gar Schlimmeres tun?

Im Park hatte ich gehört, dass man manchen Rüden unsere zwei runden Schätze, die wir zwischen den Beinen trugen, wegoperierte. Danach waren sie nur noch wertlose, verfettete Krüppel, die keine Lady mehr ansahen und sich nur noch verschämt, mit gesenktem Kopf durch den Park trauten. Gus war so etwas passiert. Früher hatte er ein echt großes Maul gehabt und hatte bei jeder Gelegenheit herumkrakeelt; nun ohne seine beiden Schätze, war er nur noch ein Schatten seiner selbst.

O Anna, ich bekam eine Heidenangst. Und mit jedem Schritt wurde es mehr zur Gewissheit. Während Mo und die anderen sich davonstahlen, sollte Doktor Frischmuth mich zum Krüppel machen und mir meine Schätze rauben!

Vor der Tür streikte ich endgültig. Ich würde meine beiden Schätze nicht hergeben, niemals – nur über meine Leiche, sollte man mich vierteilen, mich in Stücke reißen ... Nein, ich wollte mir besser gar nicht vorstellen, wie heroisch ich um meine Manneskraft würde kämpfen müssen.

Der Geruch von Angst und Tod war beinahe mit der linken Pfote zu greifen. Ich machte keinen Schritt mehr, doch Mo nahm darauf keine Rücksicht. Kurz entschlossen schleifte sie mich hinter sich her über den glatten Steinboden, der mir keinerlei Halt bot, so sehr ich mich auch wehrte und mich gegen mein Schicksal stemmte.

Das grelle Licht in der Praxis stach mir in die Augen, und da hockten sie, allesamt gequälte Wesen: ein grauer, steinalter Pudel, der nicht einmal den Kopf hob, obwohl er mich doch längst gerochen haben musste, ein Schnauzer, der nur leise vor sich hin knurrte und dem man bereits vor einiger Zeit seine beiden Schätze zwischen den Beinen geklaut hatte, sowie zwei Katzen in schmalen Plastikboxen und ein

Kanarienvogel in einem Käfig, der apathisch auf seiner Stange hockte und keinen Laut von sich gab.

Ich warf Mo wieder einen flehenden Blick zu. Willst du aus mir wirklich einen Krüppel machen, einen fetten, nichtsnutzigen Kastraten, der mit gesenktem Blick durch den Park schleicht?

Ohne mich zu beachten, steuerte Mo auf einen Tresen zu, hinter dem eine junge Frau mit pechschwarzen Haaren saß. Die Frau lächelte, als sie uns sah.

»Ach, da kommt ja auch unser Pensionsgast!«, rief sie und sprang hinter ihrem Schalter hervor.

Pensionsgast? Was war das für ein hässliches Wort! Was hatte das zu bedeuten? Also sollte Doktor Frischmuth mich gar nicht operieren?

Meine Freude währte nur einen winzigen Moment, dann drückte Mo der Schwarzhaarigen die Leine in die Hand, als würde sie mich gar nicht kennen, sondern hätte mich eben auf der Straße aufgelesen.

»Wir sind ein wenig in Eile, weil wir in zwei Stunden am Flughafen sein müssen«, sagte sie hektisch und mit veränderter, abgehackter Stimme. »Ich habe Ihnen ja schon alles mitgeteilt. Passen Sie gut auf Jasper auf! Und es wäre schön, wenn er dreimal am Tag vor die Tür kommen könnte. Das ist er so gewöhnt.« Rasch und irgendwie gedankenverloren beugte Mo sich zu mir herab, strich mir durch das Fell und sagte: »Bis dann, mein Kleiner. Sind ja nur zwei Wochen.«

Ich glaube, sie hatte Tränen in den Augen, aber eigentlich achtete ich gar nicht richtig darauf. Mühsam musste ich mir übersetzen, was sie da gesagt hatte. Ich konnte es nicht fassen. Bis dann – und sind ja nur zwei Wochen! Das konnte nicht ihr Ernst sein. Zwei Wochen bedeutete: Vierzehn Mal drei Runden durch den Park sollten ausfallen, dazu vierzehn volle und achtundzwanzig kleine Mahlzeiten!

Kaum hatte ich alles erfasst, war Mo schon durch die Tür, ohne sich noch einmal umzudrehen. Gut, wenigstens hatte sie keinen Anschlag auf meine Manneskraft vor. Zumindest war davon nicht die Rede gewesen – obschon ich Doktor Frischmuth und seinem Maulkorb alles zutraute.

Der graue Pudel blickte mich mitleidig an. Er hatte diesen hastigen Abschied anscheinend genau mitbekommen. Ich drückte meine Brust nach vorn und hob den Kopf. Das Mitleid eines alten, wahrscheinlich halbblinden Pudels brauchte ich wahrlich nicht.

»Na, dann wollen wir mal sehen, wo dein neues Zuhause ist, Jasper«, sagte die Frau betont munter und zog mich mit einem harten Ruck hinter sich her.

Der Geruch von Angst und Verzweiflung wurde immer intensiver. Ich spürte, wie mein Herzschlag sich beschleunigte. Wo brachte sie mich hin?

Wir gingen in einen dunklen Gang, in dem es ekelhaft nach Putzmitteln und Medikamenten roch. Dann öffnete die Frau eine Tür, und wir standen draußen im Hof. Hier war die Luft zum Glück besser, aber dann sah ich den ersten großen, hässlichen Käfig. Ein Gefängnis, ein echter Hundeknast! Ein Rottweiler, dem man wohl neulich seine Schätze zwischen den Beinen geraubt hatte, sprang auf und begann sofort loszubelfern, um sich ein wenig großzutun. Ich antwortete ihm nicht, behielt ihn aber im Auge. Man konnte nicht wissen, ob der verkrüppelte Bursche einen Trick kannte, um aus dem Knast zu verschwinden.

In dem nächsten Käfig saßen zwei grau gescheckte Katzen auf einem alten Baumstamm und blinzelten mich an, als wäre ich eine Art Weltwunder. Ich hob den Kopf ein Stück höher und tat, als würde ich sie nicht bemerken, während ich an ihnen vorbeistolzierte. Der dritte Käfig war leer. Nein, ein buschiger Vogel hockte mit geschlossenen Augen und halboffenem Schnabel auf einem Ast. Er stank, als hätte er in fauligem Wasser gebadet.

Vor dem vierten Käfig hielt die Frau inne. Sie zog einen Schlüssel hervor, öffnete ein Tor, löste die Leine und schob mich hinein.

»Es wird dir gefallen, Jasper«, sagte sie, nun weit weniger fröhlich, wohl weil keiner mehr zuhörte. »Wasser steht da, und hinten liegt eine Decke. Nachher hole ich dich. Dann machen wir einen kleinen Spaziergang.«

Ich traute meinen Augen nicht. Ein winziger gekachelter Raum mit ein wenig Stroh, einer Decke und einem Plastiknapf halbvoll mit Wasser. Das war meine neue Unterkunft. Hatte ich etwas verbrochen? Oder wollte man mich doch noch operieren?

Anna, du kannst es dir vorstellen: Die allerschlimmsten Gedanken gingen mir durch den Kopf. Sie hatten mich abgeschoben – aus purem Egoismus. Ich konnte es nicht verstehen.

Ich legte mich in die äußerste Ecke und fing an zu trauern. Wäre ich nicht so stolz gewesen, hätte ich gleich laut losgeheult. Wie konnte Mo mir so etwas antun? Ich begann sie zu hassen, sie und Herbert und die Jungen ... Warum hatten sie mich nicht mitgenommen? Hatte ich nicht alles – oder fast alles für sie getan? Gut, ich gehorchte nicht immer aufs Wort, besonders wenn ich eine heiße Spur gewittert hatte, aber hatten wir nicht trotzdem eine Menge Spaß zusammen gehabt?

Noch nie in meinem Leben hatte ich mich so einsam und verlassen gefühlt. Die Frau mit den schwarzen Haaren kam irgendwann. Wir gingen den kurzen Weg bis zum großen Wasser und zurück, ohne dass sie mich von der Leine ließ. Danach gab sie mir zwei Handvoll Trockenfutter in den Napf und verschwand. Immerhin war ich eine knappe Weile aus dem Käfig gekommen. Dem verkrüppelten Rottweiler hatte sie nur sein Futter hingeworfen und das Wasser erneuert.

Ich wusste, dass ich es nicht zwei Wochen lang in diesem Käfig aushalten würde.

Nachts brannte eine einzige Lampe im Hof, und der Vogel nebenan begann Selbstgespräche zu führen. Er nannte sich selbst Kakadu und rief nach seinen Geschwistern, von denen er glaubte, sie müssten irgendwo in der Nähe sein und würden heimlich über ihn lachen. Er war nicht mehr ganz richtig im Kopf. Vielleicht hatte ihn das Alleinsein verrückt gemacht. Erst tat der komische Vogel mir leid, dann fiel er mir schwer auf die Nerven. Der Rottweiler schnarchte die ganze Nacht und schmatzte gelegentlich vor sich hin, als träumte er, ein riesiges Kaninchen erlegt zu haben. Von den Katzen war nichts zu hören. Vielleicht waren sie taubstumm oder schon ganz in ihrer Hoffnungslosigkeit versunken.

Vier Tage ging das so. Ich fühlte mich wie lebendig begraben. Drei kurze Spaziergänge mit der schwarzhaarigen Frau, zwei karge Mahlzeiten, ansonsten nur trostlose Langeweile und Einsamkeit. Das einzig Gute war, dass ich Doktor Frischmuth nicht sah. Also wollte er mich wohl nicht zum Krüppel operieren. Gut, aber viel Hoffnung schöpfte ich aus dieser Tatsache nicht.

Dann in der fünften Nacht träumte ich von einer kleinen weißen Maus, die zu mir in mein Gefängnis kam; das heißt, ich war mir am Morgen nicht sicher, ob ich mir ihre Anwesenheit nur eingebildet hatte oder ob sie tatsächlich da gewesen war. Sie war in den Käfig des Kakadus gehuscht, hatte die Reste seines Vogelfutters gestohlen und hatte durch die Gitterstäbe mit mir geredet. »He, Großer«, hatte sie zu mir gesagt, »Kopf hoch! Nicht schwach werden! Guck nicht so traurig. Bald kommst du wieder nach Hause.«

War ich nun auch verrückt geworden wie der Kakadu, indem ich von Mäusen träumte? fragte ich mich und begann schon an meinem Verstand zu zweifeln.

Am nächsten Abend wartete ich auf die weiße Maus. Ich hatte sogar einen Rest Futter im Napf gelassen, falls sie tatsächlich kommen würde. Wenn sie das Futter fraß, hätte ich einen Beweis, schloss ich mit brillanter Logik.

Kaum war es richtig dunkel geworden, trippelte die Maus heran und traute sich sogar, auf meinen Napf zu springen, ohne allerdings etwas zu fressen. Ich war erstaunt, dass sie keine Angst vor mir hatte.

»Angst?«, sagte sie. »Wer so klein ist wie ich, kann sich nicht leisten, vor irgendjemandem Angst zu haben.« Selbst die stummen Katzen in dem anderen Käfig machten sie nicht nervös.

Auch wenn es sich seltsam anhört – die Maus war wohl das klügste Tier, dem ich jemals begegnet bin. Jeden Abend freute ich mich nun auf ihren Besuch. Durch die Maus war meine Einsamkeit viel erträglicher geworden. Die Maus zeigte mir sogar ein paar Kunststücke – wie man an einem Gitterstab hochkletterte oder wie man sich in einer Mauerritze zusammenrollen konnte.

Als Mo mich wieder abholte, war ich beinahe traurig, dass ich die Maus nie wiedersehen würde. Ich strafte Mo mit Missachtung, gönnte ihr keinen einzigen Blick, sondern trottete lustlos neben ihr her, als würde ich sie gar nicht kennen. Sollte sie zusehen, wie sie mich besänftigte! Dass Doktor Frischmuth mich in den zwei Wochen nicht operiert hatte, konnte ich ihr wirklich nicht zugutehalten.

Erst abends in meinem Korb, während es dunkel wurde, fiel mir auf, dass ich die Maus nie nach ihrem Namen gefragt hatte, und plötzlich war ich mir wieder unsicher, ob sie wirklich da gewesen war. Vielleicht war ich doch nur eine kurze Zeit verrückt gewesen.

3.

Hilf mir«, sagte Anna. »Ich möchte etwas trinken.«
Sie konnte kaum stehen, so dass ich sie stützen musste. Ich führte sie zu ihrem Wassernapf. Wir teilten zwar eine Menge, aber von Beginn an hatten Anna und ich auf eigenen Näpfen bestanden – ich, weil ich fürchtete, Anna könnte mir alles wegfressen, Anna, weil sie mich für zu unhygienisch hielt.

Sie zitterte und schleckte höchstens zwei Sekunden lang, dann schritt sie unsicher zurück und sank wieder in den Korb.

»Geht es dir besser?«, fragte ich hoffnungsvoll, aber ich sah selbst, dass sie noch übler dran war als vorher.

»Ein wenig«, hauchte sie. »Du warst zwei Wochen allein in einem Käfig und hast von einer Maus geträumt?«

»Ja«, sagte ich. »Vielleicht war die Maus wirklich da, vielleicht auch nicht. Jedenfalls hat sie mich gerettet.« Von dem Gefühl, verrückt gewesen zu sein, wollte ich besser nicht sprechen.

»Dann weißt du ja doch, was Einsamkeit ist.« Sie seufzte und schloss die Augen.

Als ich schon hoffte, Anna wäre eingeschlafen, sagte sie in die Dunkelheit hinein. »Das war eine traurige Geschichte –

trotz der verrückten Maus. Kannst du mir nicht etwas Lustiges erzählen?«

»Etwas Lustiges?«, wiederholte ich entgeistert. Ich war todmüde und wollte nun nichts lieber tun als schlafen und mich in angenehmen Träumen verlieren.

»Ja, zum Beispiel, wie du einmal den Geburtstagskuchen geklaut hast.«

»Das war überhaupt nicht lustig«, erwiderte ich impulsiv. »Kaum hatte ich den frischen Marmorkuchen von der Anrichte gerissen und meinen ersten Bissen hinuntergeschluckt, sind sie schon über mich hergefallen, Mo, Herbert und die Jungen, und zwei Tage lang habe ich nur die Hälfte meiner üblichen Ration zu fressen bekommen.« Dabei war diese Strafe höchst ungerecht gewesen. Bei Mo war es üblich, dass es zu jedem Geburtstag einen Marmorkuchen mit viel Kakao und Puderzucker gab. Nur für mich schien diese Regel nicht zu gelten, als würde ich nicht zur Familie gehören. Daher war mir nichts anderes übriggeblieben, als mir meinen Anteil selbst zu besorgen.

»Na, wenn das nicht lustig war, dann erzähl was anderes aus deinem Leben. Ich kann nicht schlafen, und mir ist immer noch schlecht.«

Allein und ohne Beute

Kaum war ich vier Monate alt, hatte Mo eine besonders großartige Idee. Vielleicht hatte ich zu viel mit Micha gerauft, weil er der Kleinste in der Familie war und ich dachte, ich könnte ihm seinen Platz streitig machen. Vielleicht lag es auch daran, dass ich den Marmorkuchen geklaut hatte, weil ich und meine Nase einfach nicht widerstehen konnten, oder sie hatte mir übelgenommen, dass ich gelegentlich, wenn niemand im Haus war, an alten Schuhen kaute oder in ihr Bett kroch. Jedenfalls lud sie mich eines Nachmittags in ihre Höllenmaschine und fuhr mit mir in eine Gegend, in der ich noch nie gewesen war. Als sie die Klappe öffnete, wäre ich beinahe ohnmächtig geworden, so viele Gerüche stürmten auf mich ein. Es roch definitiv nach anderen Hunden, einige waren ziemlich zornig, andere waren bloß Angeber und Wichtigtuer, und die meisten versuchten nur, möglichst gleichgültig zu wirken. Angst schienen sie jedoch alle zu haben. Auch ich hätte am liebsten sofort wieder den Rückwärtsgang angetreten, besonders als mir ein riesiges Wesen mit einem Menschen obendrauf entgegenkam. Das Wesen roch nach trockenem Stroh und würdigte mich keines Blickes.

»Pass auf, dass du nicht unter die Hufe kommst, Jasper«, sagte Mo zu mir und lächelte ein wenig hintersinnig, wie ich fand. »Pferde haben die hier also auch.«

Kaum waren wir um eine Ecke gebogen – ich brav an der verhassten Leine –, erriet ich, was los war. Ich hatte schon im Park davon gehört, ohne daran zu denken, dass auch mir so etwas drohen könnte.

Da saßen sie, all die Angeber und Angsthasen, ordentlich aufgereiht auf einer Wiese und taten so, als würden sie mich nicht sehen. Die Benimmschule, Anna! Was für ein Graus! Dir ist das als braves Mädchen ja erspart geblieben.

Gleich machte ich mich ein wenig größer und drückte die Brust durch. Am liebsten hätte ich auch an dem Gatter zur Wiese eine kräftige Duftmarke gesetzt, aber als ahnte sie mein Vorhaben, zog Mo mich ungeduldig weiter.

Auf einen Pfiff liefen all die Hunde durcheinander, und auch ich wurde losgemacht und preschte auf die Wiese. Hier würde ich mich nicht unterkriegen lassen. Aus den Augenwinkeln bemerkte ich eine schöne Dalmatinerin, der ich gleich, aber so, dass es wie purer Zufall aussah, hinterherlief. Als sie sich umdrehte und mich anbellte, als hätte ich mich auf sie stürzen wollen, nahm ich einen penetranten Geruch neben mir wahr, dann einen braunen Schatten. Vor Schreck wäre ich beinahe stehengeblieben. Es war Rex – der Feigling aus dem Park. Wir fletschten kurz die Zähne und taten, als würden wir uns nicht kennen. Anscheinend hatte Rex bei der eingebildeten Dalmatinerin auch keinen Stein im Brett. Sie knurrte sogar, er solle sie bloß in Ruhe lassen, sie stehe auf ganze Kerle, nicht auf Windbeutel. Als hätte er sie gar nicht gehört, drehte er ab und suchte sich einen dünnen Labrador, den er ohne viel Mühe über den Haufen rennen konnte.

Danach begann das übliche Programm, Anna, das du ja kennst, weil Herbert auch dich damit traktiert. Die Kommandos »Sitz!« und »Platz!« und »Bleib!« und der ganze Unsinn. Ein Kerl mit grauen, kurz geschorenen Haaren, der sich in der Mitte postiert hatte, führte sich wie ein Dompteur auf, als hätte er ein ganzes Rudel Wölfe um sich und nicht ein paar harmlose Welpen. Am liebsten hätte ich ihn gar nicht beachtet, aber er roch betörend gut, weil er die Taschen voller

Wurst hatte. Manchmal warf er einem von uns ein Stück zu, und dann lief mir immer das Wasser im Mund zusammen, ohne dass ich etwas dagegen tun konnte. Bei Mo gab es nur Trockenfutter und allenfalls ein Stück gekochten Schinken, aber da musste ich schon mächtig viel Glück haben. Mo war Vegetarierin und konnte sich deshalb gar nicht vorstellen, wie himmlisch ein richtiges Stück Fleisch schmecken konnte. Sie aß meistens irgendein Grünzeug mit Tomaten und bekochte auch ihre Jungen mit Gemüse und Gesundheitsfutter.

Zwischendurch sah ich, dass Rex mit den Augen rollte und vollkommen unbeteiligt tat, dabei war er auch ganz scharf auf ein Stück Wurst. Als der Mann ihm eines zuwarf, weil er so hübsch »Platz« gemacht hatte, hätte er sich fast den Hals ausgerenkt, so sehr gierte er danach.

Mir schien, dass nur ich leer ausgehen sollte. Flehend blickte ich Mo an, die meistens mit mir im Kreis lief, aber sie ignorierte mich und hing nur an den Lippen des Dompteurs, der irgendwas von »Rudelverhalten«, »Hierarchie« und »Konsequenz« sagte. Ja, »Hierarchie« und »Konsequenz« waren seine Lieblingsworte. Ich verstand ungefähr, was er meinte. Die Menschen sollten sich von ihren Hunden nicht unterkriegen lassen – bei allem ginge es um die Hierarchie und darum, konsequent zu sein. Der Mann hielt sich für besonders schlau, ein echter Hundeversteher!

Die Stunde zog sich ziemlich hin, ich ging bei zwei weiteren Runden leer aus, und dann bekam ich schlagartig ein böses Problem. Meine Blase drückte plötzlich so heftig, dass mir ganz schlecht wurde. Als der Dompteur wieder einen seiner ausschweifenden Vorträge hielt, versuchte ich mich still und heimlich hinter den nächsten Busch zu verdrücken. Kaum hatte ich begonnen, mich zu erleichtern, wies der Mann auf mich.

»Erste und wichtigste Regel in der Welpenschule: Niemals wird auf dem Übungsgelände ein Geschäft verrichtet! Gnädige Frau, rufen Sie bitte Ihren kleinen Mischling zur Ordnung!« Verachtung und Spott lagen gleichermaßen in seiner Stimme.

Ich sah, wie Mo errötete, was irgendwie seltsam aussah: ein verlegenes rotes Gesicht unter rotem Haar. Dann zerrte sie mich am Halsband heran, und ich konnte mich nicht mehr voller Empörung auf den Dompteur stürzen, weil er mich so verächtlich »kleiner Mischling« genannt hatte.

Wenig später war die Stunde zum Glück zu Ende. Ich war so müde, dass ich am liebsten auf der Stelle eingeschlafen wäre. Beim Rausgehen drängte sich Rex an mich. Ich war schon auf eine Beleidigung gefasst, die ich eventuell mit einem Knurren beantworten müsste, aber er flüsterte bloß: »Passiert jedem beim ersten Mal – mach dir nichts draus.«

Ich nahm seine Worte als ein Friedensangebot und konnte in Mos Höllenmaschine zum ersten Mal richtig schlafen.

Danach war die Benimmschule gar nicht mehr so übel. Rex und ich taten, als würden wir gehorchen. In Wahrheit ärgerten wir hinter dem Rücken des Dompteurs die eingebildete Dalmatinerin, oder wir dachten uns aus, wie es wäre, Kaninchen zu jagen, über Bäche zu springen und sich in einem richtig sumpfigen Wasserloch zu suhlen. Rex liebte das Wasser genauso wie ich. Irgendwann, nahmen wir uns vor, würden wir mal auf eigene Faust losziehen – Richtung großes Wasser, das irgendwo ganz in der Nähe des Parks sein musste. Auch von dem weißen, heiligen Knochen, den die Hunde seit Anbeginn der Zeit suchen, habe ich zum ersten Mal in der Hundeschule gehört.

Rex war ebenfalls daran schuld, dass ich meinte, eine Mutprobe ablegen zu müssen. Im Park hatte er damit geprahlt, ein lebendiges Kaninchen erlegt zu haben. Beweise hatte er keine dafür, außer dass er lang und breit beschrieb, wie das Kaninchen geschmeckt hatte, das er angeblich auf der Stelle hinuntergeschlungen hatte. Ich glaubte ihm nicht recht. Trotzdem blieb ein seltsames nagendes Gefühl bei mir zurück. Bald, schwor ich mir, würde ich auch eine Mutprobe bestehen und Rex davon erzählen.

Wenige Wochen später war es dann so weit. Es war schönstes Sommerwetter mit einem riesigen Himmel. Mo und Herbert hatten mich hinten in ihre Höllenmaschine verfrachtet und waren eine endlos lange Straße entlanggefahren, die sich erst gegen Ende in viele Biegungen krümmte. Ich wurde so hin und her geworfen, dass ich schon Kopfschmerzen bekam. Gefüttert hatten sie mich vorher nicht, so dass mein Magen wie wild knurrte.

Als ich aussteigen durfte, roch die Luft wunderbar nach frischem Holz und aufgeworfener Erde. Wolken flogen weit oben am Himmel entlang. Große Vögel kreisten lautlos in der Luft. Ich begann mir gleich die Beine zu vertreten; das heißt, ich lief ein Stück in den Wald hinein, um eine kräftige

Marke zu setzen. Kaum hatte ich das erledigt, stieg mir ein süßlicher, erdwarmer Duft in die Nase. Kaninchen! Im nächsten Moment jagte auch schon eines an mir vorbei durch ein Flecken hohes Gras, drei Sprünge von mir entfernt. Endlich war die Zeit gekommen, die Schmach meines ersten kleinen Ausflugs zu tilgen. Nie mehr würde ich vor einem Kaninchen Angst haben! Ab heute war ich der Jäger, und sie waren meine Beute.

Ich gab alles, was ich konnte, und raste hinter dem Kaninchen her, das wilde Haken schlug. Hinter mir hörte ich Mo panisch und wütend meinen Namen rufen, aber für irgendwelche blödsinnigen Kommandos aus der Benimmschule hatte ich nun wirklich keine Zeit. Ich war auf einer echten Mission. Jasper der Erste wurde zum Schrecken des Wildes.

Kreuz und quer jagte ich durch den Wald, sah vor mir nur die braunen, flinken Hinterläufe des Kaninchens. Immer wenn ich sicher war, gleich zuschnappen zu können, entwischte es mir durch eine blitzschnelle Drehung. Aber so leicht würde ich mich nicht entmutigen lassen! Immerhin hatte Rex es auch geschafft, ein Kaninchen zu fangen. Äste schlugen mir schmerzhaft auf die Schnauze. Egal! Weiter! Meine Lungen brannten. Spielte keine Rolle! Mo rief immer wütender. Total egal! Ich musste meine Mission erfüllen: ein lebendiges Kaninchen fangen!

Irgendwann bekam ich keine Luft mehr. Ja, ich hatte mich an heißer Luft verschluckt und musste anhalten. Das Kaninchen verschwand vor mir im Gebüsch, und fast sah es aus, als drehte es sich noch einmal zu mir um und zwinkerte mir tolldreist zu, aber wahrscheinlich hatte ich mich getäuscht.

So etwas würde ein einfaches Kaninchen, das gerade noch einmal davongekommen war, niemals wagen!

Meine Vorderbeine knickten ein, so dass ich mich einen Moment setzen musste. Pech gehabt, sagte ich mir. Wahrscheinlich war ich an das schnellste Kaninchen im ganzen Wald geraten, aber zumindest hatte ich diesen süßlichen, erdwarmen Geruch noch in der Nase. Vielleicht könnte ich daraus ja eine Geschichte für Rex machen. Immerhin hatte ich das Kaninchen so gut wie erwischt. Hatte ich nicht sogar seinen haarigen Hinterlauf in meiner Schnauze gespürt? Ja, ich hatte zugepackt, war aber nicht entschlossen genug gewesen, weil mich ein zartes Gefühl des Mitleids überkommen hatte. Mit einem so gut wie gebrochenen Bein war das Kaninchen weitergelaufen, humpelnd, so schwer verletzt, dass es nun irgendwo verendete. Ja, wenn ich es genau bedachte, hatte ich soeben fachmännisch mein erstes Kaninchen erlegt, nur hatte es mir nicht so gut geschmeckt, wie ich es erwartet hatte ...

Als ich wieder einigermaßen zu Atem gekommen war, glaubte ich mir diese Geschichte beinahe selbst. Ich konnte stolz auf mich sein, im Alter von vierzehn Monaten hatte ich zum ersten Mal als Jäger zugeschlagen. Es wäre nicht schlecht gewesen, wenn ich als Beweis eine Kaninchenpfote hätte mitbringen können, aber das hätte Mo nicht zugelassen – eine tote Kaninchenpfote in ihrer Höllenmaschine, nein, das käme für sie nicht in Frage. Es musste Rex und den anderen im Park genügen, wenn ich möglichst eindrucksvoll von meiner erfolgreichen Jagd erzählte, Gerüche beschrieb – und vielleicht hätte ich mir auch noch eine Beule zuziehen sollen, die meinen Kampf mit dem Kaninchen bezeugte ...

Plötzlich wandte ich mich um, und mir fiel auf, dass ich nicht den leisesten Schimmer hatte, wo ich mich befand. Hier war ich noch nie gewesen. Ich hielt meine Nase in den Wind, aber außer einem sumpfigen Wasserloch in einiger Entfernung nahm ich keinen Geruch wahr, der mir irgendetwas sagte. Wo war Mo? Ja selbst über Herberts Geruch, seine Stimme in der Nähe hätte ich mich nun gefreut.

Ich machte ein paar unentschlossene Schritte über weichen moosigen Untergrund, aber irgendwie kam es mir so vor, als könnte sich gleich der Boden vor mir auftun und mich verschlucken. Ich hatte mich verirrt. Nirgendwo roch ich einen Menschen weit und breit. Ich kam an einer Stelle vorbei, wo vor kurzem noch ein großes, haariges Tier in einer kleinen Senke gelegen hatte. Der Geruch, der aus der Senke aufstieg, war furchterregend. Ich setzte meine Marke an einen extrem hohen Baum, aber eher aus Ratlosigkeit. Was sollte ich tun? Ich stellte mir vor, dass ich Mo niemals wiedersehen würde. Sie würde noch eine Weile vergeblich nach mir rufen, aber dann würde sie die Geduld verlieren und mit Herbert in ihre Höllenmaschine steigen und davonfahren, und dann würden sie sich vielleicht einen neuen Hund zulegen, der ihnen besser gehorchte, und mich vergessen, und ich würde mitten im Wald zum Skelett abmagern und verhungern, und furchtbare Vögel würden sich auf mich stürzen ...

Ich stellte mir eine Menge schrecklicher Dinge vor. Eigentlich hatte ich bei Mo ein gutes Leben gehabt, und selbst das Trockenfutter erschien mir plötzlich als die schönste Mahlzeit, die ich mir denken konnte. Trockenfutter mit Gemüse- und Fleischbrocken und dazu frisches Tofu – wie köstlich!

Ich trabte noch eine Weile weiter, ohne eine blasse Ahnung, wohin ich mich wenden sollte. Wo hatte ich Mo und Herbert stehengelassen? War es rechts oder links von dem sumpfigen Wasserloch gewesen? Ach, ich wusste es nicht mehr. Ich war ja einfach nur hinter dem schnellsten Kaninchen des Waldes hergerannt, um es zu erlegen.

Schon meinte ich einen Hauch von Dunkelheit am Himmel zu erkennen. Zog schon die Nacht herauf? Nein, kalt wurde es noch nicht, eher wurde mir heiß.

Ich stieß ein paar eher klägliche Beller aus, die jedoch nur von einem schlechtgelaunten Hofhund beantwortet wurden, der meinte, mich schon auf zehn Meilen Entfernung warnen zu müssen, dass ich ihm ja nicht zu nah auf die Pelle rücken sollte. Zum Glück fand ich eine Pfütze, an der ich erst mal meinen Durst löschen konnte. Verdursten würde ich in diesem riesigen Wald nicht – Hunger jedoch begann mich schon zu quälen. Wenn ich kein Kaninchen fangen konnte, war es dann möglich zu überleben, indem man Gras fraß oder kleine Stöcke zerkaute?

Ich legte eine Pause ein und lauschte. Der Wind wehte durch das Geäst und trug leise, kaum wahrnehmbare Geräusche herüber. Ein Auto, eine Kuh, die muhte, eine Säge. Nirgendwo eine Stimme, die nach mir rief.

Dann plötzlich, kaum dreißig Schritte entfernt, hörte ich glasklar und so wohlklingend wie noch nie Herbert. Er schrie: »Jasper, hier! Jasper?«

Oh, er war wütend und außer Atem, aber das war mir nun völlig gleichgültig. Seine Stimme war die schönste Musik in meinen Ohren!

Mit gesenktem Schwanz und wirklich reumütig schlich ich aus dem Gebüsch. Herbert war krebsrot im Gesicht, übelriechender Schweiß stand ihm auf der Stirn, aber er brachte sogar ein Lächeln zustande, als ich mehr auf ihn zukroch, als dass ich aufrecht ging.

»Was sollte das, Jasper?«, fragte er weniger streng als eher erleichtert. »Wir dachten schon, du wärst verschwunden.«

Ich gab ein erfreutes Bellen von mir. Wenige Augenblicke später lief auch Mo herbei. Sie war auch knallrot, als wäre sie durch den halben Wald gerannt. Sie zog mich am Fell, aber nicht wütend, sondern nur erfreut und drückte mir einen feuchten Kuss auf die Stirn, etwas, das sie noch nie getan hatte.

Ich schaute sie an und versprach ihr mit den Augen, nie wieder Kaninchen zu jagen und mindestens drei Tage lang auf jedes ihrer Kommandos zu hören.

Anna, wenn ich ehrlich bin, habe ich einen halben Tag lang meinen Schwur sogar eingehalten. Länger wäre auch gar nicht nötig gewesen, weil Mo und Herbert so froh waren, mich wieder bei sich zu haben.

4.

Hat dir die Geschichte gefallen?«, fragte ich Anna.

Sie lag mit geschlossenen Augen im Korb, den Kopf auf den Rand aufgestützt, und hatte, während ich erzählt hatte, nur einmal kurz aufgeblickt.

Sie öffnete die Augen und nickte müde, und dann lief ein Beben durch ihren Körper, so dass sie leise winselte und sich zusammenkrampfte.

Ein Schrecken zuckte mir durch Mark und Bein. Auch mein Magen zog sich schmerzhaft zusammen. Ich musste laut losbellen. Ich hatte gar keine andere Wahl, und wenn Mo nicht kam, weil Herbert sie zurückhielt, dann musste eben Eberhard kommen, der grauhaarige Nachbar, der unentwegt im Garten Schuhe putzte und der mich nicht leiden konnte, weil ich aus Versehen einmal seine Haustür markiert hatte. Oder ich musste den Tierschutzverein alarmieren. Ich hatte mal im Park gehört, dass es so etwas gab, Menschen, die sich um gequälte Tiere kümmerten. Ich wusste allerdings nicht, ob solche Tierretter auch mitten in der Nacht kamen.

»Erzähl mir noch was«, flüsterte Anna, nun wieder mit geschlossenen Augen. »Ich habe nicht alles mitbekommen, aber dass du mal ein Kaninchen gefangen hast, hätte ich gar nicht von dir gedacht.«

Sie hatte tatsächlich nicht so viel mitbekommen. Um die Schnauze sah sie richtig eingefallen aus. Ihre Zunge hing ihr seitlich aus dem Maul, wie nach einem viel zu langen Lauf. Sie atmete auch irgendwie seltsam. Ich beugte mich vor und schleckte ihr über das Gesicht. Sie roch so anders, so krank und elend. Ich musste an Hanko denken, den guten alten Cocker, und an das vergiftete Fleisch, das ihn umgebracht hatte.

»He, Anna«, sagte ich, »du darfst noch nicht sterben. Du bist doch so viel jünger als ich, fast fünf Jahre.«

Sie schlug die Augen auf. »Fast fünf?«, hauchte sie. »Ich dachte, du wärst erst sechs.«

»Anna«, sagte ich und schleckte ihr wieder durch das Gesicht. »Das ist jetzt nicht so wichtig. Soll ich nicht doch Mo holen?« Gut, ich hatte bei meinem Alter ein wenig geschwindelt, aber darauf wollte ich jetzt nicht näher eingehen.

Sie schwieg und holte wieder tief Luft. Sie schien ziemlich heftige Schmerzen zu haben.

Ich musste etwas tun, um Anna zu retten, und war bereit, so laut zu bellen, bis die Leute vom Tierschutzverein kommen würden, als plötzlich Schritte vor der Tür zu hören waren. Ein Schlüssel wurde ins Schloss gesteckt, jemand, den ich nicht kannte, kicherte, dann flammte das Licht über Anna und mir auf.

Es tat in den Augen weh, doch für einen Moment hatte ich die Hoffnung, dass nun Hilfe kommen würde. Wussten die Leute beim Tierschutzverein auch ohne lauten Hilferuf, was los war? Meine Hoffnung verflog allerdings sofort wieder. Micha, Mos ältester Junge, stand in der Tür. Er hatte ein

Mädchen bei sich, sie hatte lange rote Haare und roch nach Alkohol. Ich erhob mich und starrte sie an. Irgendwie hätte es mir gefallen, wenn sie ein bisschen Angst vor mir gehabt hätte, aber sie kicherte wieder, als sie mich sah.

Dann streckte sie noch einen langen Finger aus, der am Ende ganz rot war, und sagte zu Micha: »Wer ist das denn?«, so als hätte sie noch nie einen ausgewachsenen, stattlichen Hund gesehen.

Micha hatte seine Jacke ausgezogen und drehte sich zu ihr um. Bevor er antwortete, küsste er das Mädchen auf den Hals, dann sagte er: »Ach, Jessy, das sind nur die Hunde.«

Ich wäre ihm am liebsten an den Hals gegangen. Seine Worte klangen überaus abfällig, als wären wir tote Porzellanhunde oder unnütze alte Möbelstücke, die auf den Sperrmüll gehörten.

Statt meine Wut auszutoben, tat ich, als wäre ich bester Stimmung, und ging schwanzwedelnd auf ihn zu, um ihn auf die sterbenskranke Anna aufmerksam zu machen.

Das Mädchen kicherte wieder. »Guck mal, wie lustig«, sagte sie. »Der Hund sieht ja aus wie ein alter Flokati. So viel struppiges Fell hat er.«

Micha streichelte Jessy mit einer Hand und schob mich mit der anderen weg, ohne mich richtig anzusehen. »Das ist nur der alte Jasper«, bemerkte er beiläufig. »Jessy, pass auf, er ist meistens ziemlich schmutzig.« Wieder küsste er sie, und sie gurrte leise, als wollte sie sich wirklich in einen hässlichen grauen Vogel verwandeln.

Dann drehten die beiden Richtung Küche ab. Im Normalfall wäre ich Micha gefolgt, um zu sehen, was er aus dem

Kühlschrank nahm und ob nicht vielleicht etwas für mich abfiel, doch nun ging es mir vor allem darum, Anna zu retten. Ich winselte ein wenig, damit er mich wenigstens anschaute, aber er hatte nur Augen für das rothaarige Mädchen. Er küsste sie wieder, und dann machte er wirklich den Kühlschrank auf, aber leider nur, um eine Flasche Orangensaft herauszunehmen.

»Kann ich wirklich über Nacht bleiben?«, fragte Jessy. Auf einmal kicherte sie nicht mehr, sondern klang richtig ernst. Sie guckte mich an, als müsste ich ihr eine Antwort geben.

»Klar«, sagte Micha. »Meine Eltern sind da nicht empfindlich. Außerdem sind sie gar nicht zu Hause.«

Was für eine dreiste Lüge! Ich hätte am liebsten losgebellt und dem Mädchen als Beweis einen von Herberts modischen Schuhen gebracht, die ordentlich im Flur standen und die ich auf keinen Fall anrühren durfte.

Micha begann nun, das Mädchen in die Arme zu nehmen und an ihrem Pullover herumzufingern. Mich beachtete er nicht mehr. Also winselte ich ein wenig lauter.

»He, Jasper«, sagte er dann, »du spinnst wohl! Es ist gleich Mitternacht, da gehe ich nicht mehr mit dir vor die Tür.« Er schob mich zurück, und fast hätte er mir noch die Tür vor der Nase zugemacht, und ich wäre in der Küche eingesperrt gewesen. Im letzten Moment gelang es mir, mich in den Flur zu schlängeln. Ich wusste, dass Winseln nun keinen Zweck mehr haben würde.

Micha machte das Licht aus und ging mit Jessy nach oben. Sie kicherten nun wieder beide. Einen Moment lang hoffte ich, sie würden Mo oder, besser noch, Herbert in den Flur locken, aber auch diese Hoffnung war vergebens. Oben wurde eine Tür geschlossen, dann war wieder alles still. Nur ein Bett knarrte ein paar Mal in der Stille. Schließlich hörte ich Jessy leise schnarchen, während Micha noch eine Zigarette rauchte, obwohl Mo es eigentlich verboten hatte, aber das tat er mindestens einmal am Tag am offenen Fenster.

Ich stand im matten Licht, das von der Straßenlaterne hereinfiel. Ich war müde und erschöpft, aber gleichzeitig hellwach und voller Unruhe.

»Wer war das?«, fragte Anna mit matter Stimme aus dem Korb. Ich lief zu ihr. Sah sie ein wenig besser aus? Ich wusste es nicht.

»Keine Ahnung«, sagte ich. »Irgendein Mädchen, das Micha mitgebracht hat. Sie heißt Jessy und hat über uns gelacht.« Na, eigentlich hatte sie nur über mich gelacht.

»Micha ist verliebt«, meinte Anna. »Das konnte ich genau riechen, aber das Mädchen ist nicht verliebt.« Wieder schüttelte ein Schmerz sie durch, und sie rollte sich in ihrem Korb herum.

»Warst du auch mal verliebt?«, fragte Anna. Sie hatte zwar wieder die Augen geschlossen, aber irgendwie hatte ich das Gefühl, sie würde mich durch die geschlossenen Lider anschauen.

»Klar, war ich auch mal verliebt«, sagte ich. Schnell, weil der Tonfall ein wenig zu großspurig geraten war, fügte ich hinzu: »Ich bin doch in dich verliebt, Anna, nur in dich.«

»Aber deine erste große Liebe – wer war sie?«

»Meine erste große Liebe?« Wäre es wohl klug zu behaupten, dass Anna meine erste große Liebe war, aber das würde sie mir wohl nicht glauben, nun, wo ich verraten hatte, dass ich schon acht war.

»Erzählst du mir davon?«, fragte Anna. »Von deiner ersten großen Liebe?«

»Ich weiß nicht«, erwiderte ich zögernd. »Ich glaube nicht, dass jetzt der richtige Augenblick dafür ist ...«

»Doch«, hauchte Anna schwach. »Vielleicht sterbe ich ja tatsächlich, und dann habe ich diese Geschichte nie erfahren. Warst du in deiner Jugend ein guter Liebhaber?«

»Ich erinnere mich nicht genau«, sagte ich. Um ein wenig Zeit zu gewinnen, tat ich, als wäre ich ein weiser, erfahrener Hund. »Acht Jahre sind ein langes Hundeleben.«

»Sei kein Frosch!«, sagte Anna. Sie drehte sich in ihrem Korb wieder auf die Seite.

Hatte ich richtig gehört? Wollte Anna mich beleidigen? Nachdem »Hundsfott« aus der Mode gekommen war, war »Sei kein Frosch!« das Schlimmste, was man einem Hund sagen konnte. Ein Frosch ist grün, hässlich, quakt unverständliches Zeug und ist total unnütz und damit das vollkommene Gegenteil von einem Hund.

Das erste Mal

Ich will ganz offen die Wahrheit sagen: Ich bin eigentlich ein Frauentyp. Sobald ich einen Schritt in den Park gesetzt habe, halte ich die Nase in den Wind, um zu sehen, ob ich Witterung von einem heißen, weiblichen Wesen aufnehmen kann. Hündinnen sind in der Regel langweilig, lahm und feige; es sei denn, sie verströmen ihren ganz bestimmten warmen Geruch, der einen richtigen Rüden sofort in den Bann zieht und sein Blut in Wallung bringt, vorausgesetzt, dass bei ihm zwischen den Beinen noch alles in Ordnung ist. Da kann ich zum Glück nicht klagen. Meine Schätze sind – trotz Doktor Frischmuth – alle noch am Platze und wirklich gut in Schuss. Darauf achte ich sorgsam.

Wenn sie ihre »heißen Tage« haben, wie sich mein alter Freund Hanko auszudrücken pflegte, dann sind die meisten Ladys schier unwiderstehlich, und es gibt für unsereins kein Halten mehr. Da kann Mo noch so viel schreien und locken – wenn mir eine Dame gefällt, dann bin ich auf und davon und spule das ganze Programm ab: Brust raus, Kopf und Schwanz in die Höhe, Zähne zeigen, die tiefe, männliche Stimme erheben und – besonders wichtig – Geduld haben. Manche Damen stellen sich am Anfang etwas zickig an und versuchen einen wegzubeißen, aber meistens ist das nur hohles Theater. Die klügsten Hundefrauen wissen, dass sie sich auf diese Art nur interessanter machen.

Leider hängen die meisten wohlriechenden Damen an irgendwelchen Leinen, so dass sie selten Zeit für ein schönes, schmusiges Techtelmechtel haben. Wie oft bin ich schon von irgendwelchen Hundebesitzern verscheucht worden – mit Regenschirmen, Leinen, Fußtritten, einmal sogar mit einem halben Baumstamm! Die Menschen haben offensichtlich kein Verständnis, wie schön es sein kann, Liebe zu machen.

Meine erste Liebe hieß Jule – eine Husky-Hündin, groß, stattlich, geschmeidiges Fell und die schönsten Augen, die ich je gesehen habe. Der Himmel von ganz weit oben schien sich in ihren Augen zu spiegeln. Ich traf sie zum ersten Mal, als sie noch nicht in ihren heißen Tagen war. Trotzdem war ich hin und weg. Ich legte mich gleich richtig ins Zeug, preschte auf sie zu, bremste, drehte mich, damit sie sofort mitbekam, dass ich auch von hinten nicht übel aussah. Sie aber machte ganz auf große Dame, die in einem sauberen Pelz umherstolziert, und tat, als hätte sie mich quasi nicht bemerkt. Erst als ich ein wenig auf Tuchfühlung ging und mich an sie heranschob, schaute sich mich an. Kühle stand in ihrem Blick und ein furchtbares Desinteresse, das ich aber als geheuchelt empfand.

»Holla«, sagte ich, »bist du neu hier? Wir haben uns ja noch nie gesehen. Darf ich mich vorstellen? Ich bin Jasper der Erste.« Ich neigte galant den Kopf.

Sie verkniff sich eine Antwort und blinzelte mit ihren wunderschönen Augen, ohne aber auch nur einen Moment innezuhalten.

Also musste ich mir etwas anderes überlegen. Ich versuchte zu pfeifen, wie ich das schon einmal bei einem anderen Rüden gehört hatte, brachte aber nur eine Art Heulen heraus. Dann, kaum hatte ich einen weiteren Annäherungsversuch gestartet, sprang mir jemand brutal in die Flanke und brachte mich zu Fall.

Ein herausgeputzter Cocker stand über mir und starrte mich mit seinen braunen, bösartigen Augen an. »Holla, bist du neu hier?«, äffte er mich nach. Das war meine erste Begegnung mit Hanko, der später mein bester Freund wurde. Er machte zwar bei Jule auch keinen Stich, spielte sich aber als ihr großer Beschützer auf.

Ich bekam keine Gelegenheit, Hanko eine passende Antwort zu geben, denn im nächsten Augenblick wurde ich von Mo und Hanko von seiner Besitzerin an die Leine gelegt. Wir spielten uns noch ein wenig auf, fletschten die Zähne und bellten um die Wette, aber eigentlich wussten wir beide, dass es nur Angeberei war, um Jule zu beeindrucken.

Ein paar Wochen lang war ich so verliebt in Jule, dass ich sogar von ihr träumte. Ich saß in meinem Korb und stellte mir vor, wie es wohl wäre, neben Jule über die Wiese zu jagen. Ob sie wohl wasserscheu war? Wenn wir Liebe gemacht hätten, hätten wir uns prima in das große Wasser stürzen können. Jeden Wunsch hätte ich Jule von ihren schönen blauen Augen abgelesen. Kaninchen, sogar Katzen hätte ich für sie gejagt.

Einmal wurde mein Liebeskummer so groß, dass ich frühmorgens aufwachte und glaubte, sie zu riechen. Endlich: Jule war in ihren warmen Tagen angekommen. Mir wurde richtig schwindlig, und dann bildete ich mir auch noch ein, sie würde mich rufen. Ja, sie stand irgendwo im Park und wollte einen Welpen von mir. Sie war durch die bitterkalte Nacht gelaufen und wartete auf mich, nur auf mich, Jasper den Ersten, nicht auf Hanko, den Angeber, der es wahrscheinlich ohnehin nicht mehr schaffte, einen kräftigen Welpen zu zeugen.

Es war noch einigermaßen dunkel im Haus, dass ich nicht damit rechnen konnte, dass Mo bereits mit mir nach draußen ging. Selbst von Herbert, der immer als Erster aufstand, wenn er zu Hause war, konnte ich noch nichts hören. Guter Rat war teuer, aber ich musste mir was einfallen lassen.

Kurz entschlossen machte ich mich lang und länger und sprang auf die Klinke unserer Haustür. Ich wusste, dass die Tür nicht gerade mein Freund war, doch vielleicht konnte ich sie überlisten. Nach drei Versuchen hatte ich es geschafft. Ich hörte, wie das Schloss aufsprang. Mit einem hässlichen Knurren, das ihre Abneigung zeigte, öffnete sich die Tür einen Spalt, aber es reichte. Mit der Schnauze stieß ich sie auf.

Für einen Moment bewunderte ich meine Klugheit, dann, als die Straße leer und dunkel vor mir lag, war ich mir nicht mehr sicher, ob ich tatsächlich Jules betörenden Duft wahrgenommen hatte. Oder war es doch Einbildung gewesen? Mo würde auch wütend sein, wenn ich mich so davonmachte, aber egal, es sollte ja nicht für immer sein ... Es ging schließlich um wahre Liebe. Ich würde mir aber schwere Vorwürfe machen, wenn ich jetzt nicht die Gelegenheit nutzen würde.

Kaum hatte ich die fünf Sprünge die Treppe hinunter gemacht, kam es zu einem Zusammenstoß. Eine schwarze, zweibeinige Gestalt bog um die Ecke. Wir prallten gegeneinander. Der Zweibeiner schrie entsetzt auf und stürzte, ich bellte überrascht, eine Tasche fiel zu Boden, ich bellte noch mal, ein Stoß Papier rutschte heraus, und der Zweibeiner brüllte: »Hilfe!«, während er sein Gesicht schützte, als hätte ich ihn angefallen. Es war der Zeitungsbote. Ich hätte ihn eigentlich an seinem Knoblauchgeruch und dem schlurfenden Gang erkennen müssen, wenn ich mit meinen Gedanken nicht bei Jule gewesen wäre.

Es dauerte keine fünf Atemzüge, da hörte ich meinen

Namen, keine weiteren fünf, da packte mich eine resolute Hand, die ich nur zu gut kannte, am Halsband.

Mo stand vor mir, mit wirren Haaren und gar nicht gut gelaunt.

Der Zeitungsbote, ein halber Junge noch, hatte sich bei seinem Sturz die Hand ein wenig aufgeschürft, nichts Ernstes, aber Mo bat ihn herein und kochte ihm Kaffee, den er trank, als hätte er kurz vor dem Erfrierungstod gestanden.

Mich beachtete Mo überhaupt nicht, sie tat, als wäre ich Luft. Selbst als ich den Reumütigen spielte und mir den Schwanz so zwischen die Beine klemmte, dass ich kaum noch einen Schritt tun konnte, schenkte sie mir keine Beachtung.

Erst nachdem der Zeitungsjunge gegangen war, baute sie sich vor mir auf und fauchte mich an: »Muss ich dich nachts an die Kette legen? Was hast du dir nur dabei gedacht?«

Ich zog meine Augenlider ein wenig nach unten, machte mich ein gutes Stück kleiner und schaute sie an. Es war die Liebe, sagte ich ihr mit den Augen. Jule ist schuld, Jule und die Liebe. Das wirst du doch verstehen …

Ich glaube aber nicht, dass Mo mich an diesem Morgen verstanden hat. Jedenfalls ging sie noch einmal ins Bett und ließ mich geschlagene drei Stunden warten, bis wir gemeinsam in den Park gingen.

Ich hätte alle Damen im Park haben können, na, fast alle, aber ich wollte Jule. Sie ging mir nicht mehr aus dem Kopf. Überall, an jeden Pfahl, jeden Baum malte ich mein Zeichen hin. JASPER DER ERSTE WAR HIER. So groß, dass es niemand übersehen konnte, schon gar niemand, der wunderschöne blaue Augen hatte. Auch andere Zeichen überlegte ich mir. Sollte ich SCHÖNE JULE, WILLST DU MIT MIR GEHEN oder JULE, ICH LIEBE DICH malen? Nein, so sehr wollte ich meine Liebe doch nicht offenbaren. Stattdessen suchte ich nach Marken von ihr, aber da war absolut nichts, nein, weniger als nichts. Hatte sie mir gar nichts zu sagen? War sie zu vornehm, um auch nur die zarteste Spur zu hinterlassen? Sie musste doch wissen, wie es um mich stand. Jule blieb mir ein Rätsel. Manchmal sah ich sie wochenlang nicht und war vor Liebeskummer fast so krank, dass ich nichts mehr fressen wollte, das heißt, ihr und mir zuliebe, damit ich nicht vom Fleische fiel, nahm ich doch den einen oder anderen Bissen zu mir. Schließlich wollte ich stark genug sein, um ihr, wenn der ersehnte Augenblick gekommen war, meine Liebe gestehen zu können – und Hanko aus dem Felde zu schlagen.

Dann kam der Tag, an dem sich meine Liebe entschied. Auch Hanko, der eitle Cocker, der sich mit seinem seidigen Fell für unwiderstehlich hielt, hatte im Park mächtig gewirbelt. Überall, sogar an Dornenhecken, die wir Rüden aus naheliegenden Gründen eigentlich mieden, hatte er ein überdimensionales H hinterlassen, nichts sonst. H wie: Ihr wisst schon, wer ich bin – der große Hanko. Manchmal setzte ich mein Zeichen darüber, aber schon wenig später prangte wieder sein angeberisches H an Ort und Stelle. Er tat immer, als hätte er alles unter Kontrolle.

Es war früher Morgen. Mo hatte mich von der Leine gelassen, und ich reckte und streckte mich. Tau lag noch auf auf den Wiesen. Ich nutzte die Gelegenheit, um mich einmal kräftig zu wälzen. Man konnte ja nie wissen, welche Lady einem als Nächste begegnete.

Als ich wieder auf meinen vier kräftigen Beinen stand, sah ich sie – Jule, aber sie war nicht allein. Hanko war bei ihr, sonst war niemand zu sehen. Ich wollte gleich zu ihnen hinüberpreschen, aber irgendein Impuls ließ mich zögern, und da passierte es. Jule beugte sich vor, streckte ihren Schwanz hoch, so dass Hanko ungehindert auf sie steigen konnte. Es währte nur einen kurzen Moment, dann biss sie ihn weg, aber es war passiert. Jule hatte Hanko den Vorzug gegeben. Ich spürte einen heftigen Schmerz, wandte mich um und lief zu Mo, um ihr die Hände zu schlecken, was sie total verwunderte. So viel Anhänglichkeit war sie von mir nicht gewohnt.

Ich war bitter enttäuscht. Hatte Jule denn nicht begriffen, dass ich der Richtige für sie war? War sie so dumm, dass sie nicht bemerkte, dass Hanko, dieser eitle Schönling, es nie im Leben ernst mit ihr meinte? Ich war so deprimiert, dass ich Durchfall bekam und Mo sich schon Sorgen um meine Gesundheit machte.

Zwei Tage später rächte ich mich an Jule, indem ich Nala nahm. Zugegeben, Nala war keine Schönheit, sondern eine mollige Retriever-Hündin, ein gutes Stück älter als ich, aber sie war willig und ließ mich nicht spüren, dass ich mich bei meinem ersten Mal ein wenig ungeschickt anstellte. In einiger Entfernung von unseren Menschen schnüffelten wir uns ab, dann sprang ich auf und kam gleich zur Sache. Nala jaulte kurz auf und knickte ein wenig in den Hinterläufen ein. Nach ein paar Stößen hatte ich meine eigentliche

Arbeit schon getan. Das Vergnügen war nicht gerade unbeschreiblich, hatte aber wohl eindeutig eher auf meiner Seite gelegen.

Schnell, mit dem Gefühl, vielleicht doch etwas falsch gemacht und meine schöne Jule verraten zu haben, wollte ich wieder von ihr herunter, doch es klappte nicht. Nala hatte sich verkrampft, so dass ich festhing. Nichts tat sich, es ging weder vor noch zurück, sosehr ich mich auch bemühte.

Mo und Nalas Herrin, eine Frau mit komisch riechenden weißen Haaren, sahen gleich, was los war.

»Scheidenkrampf«, konstatierte Nalas Herrin mit einem Achselzucken. »Bei Nala ist das Becken viel zu eng. Deshalb darf sie auch keine Jungen kriegen.«

Na großartig! Ich hockte auf Nala und brach mir fast das Rückgrat. Mit jedem Atemzug wurde es unbequemer. Dann fiel mir ein, dass im nächsten Moment Jule und Hanko vorbeikommen und mich auf der alten Nala sehen könnten. Panik stieg in mir auf. Wenn man mich so sähe, wäre ich im Park total erledigt und müsste wahrscheinlich auswandern und mir ein anderes Revier suchen.

Mit aller Macht versuchte ich mich zurückzuziehen, was aber nur dazu führte, dass Nala aufjaulte und beinahe zur Seite kippte. Unweigerlich hätte sie mich mitgerissen. Die Peinlichkeit der Situation erhöhte sich mit jedem panischen Atemzug.

»Was tun wir jetzt?«, fragte Nalas Herrin ratlos und nun mit deutlichem Unbehagen in der Stimme.

Ich sah, dass auf Mos Gesicht zwei Gefühle miteinander wetteiferten: Sorge und Belustigung. Ja, in ihren Augen war ein Lachen, während sich um ihren Mund eine tiefe Sorgenfalte einnistete.

»Vielleicht sollte man Nala massieren«, sagte sie nach kurzem Nachdenken, »dann könnte sich der Krampf lösen.«

Sie warf mir einen Blick zu, der nun eindeutig belustigt war. »Na, Jasper, das erste Mal hast du dir bestimmt anders vorgestellt«, sagte sie so laut, dass es der halbe Park hören können musste.

Ich drehte den Kopf. Vielen Dank, Mo! sagte ich mit den Augen. Deinen Spott kann ich nun wirklich gut gebrauchen. Wenn mir nicht die Luft auf Nala allmählich knapp geworden wäre, hätte ich vor Entrüstung laut aufgebellt. Außerdem begann mein Rücken mir ernsthaft wehzutun. Noch eine gute Weile, und ich würde in der Mitte durchbrechen.

Mo beugte sich über Nala, die nun leise wimmerte, und begann sie an den Seiten zu massieren. Einen Effekt spürte ich zunächst nicht; im Gegenteil, ich fühlte mich immer mehr wie in einem Schraubstock, der sich enger und enger zog. Müsste ich jetzt für alle Zeiten auf der alten Hündin hockenbleiben? Und was passierte mit meinem guten Stück, das da in Nala hing? Konnte man bei so etwas sterben? Ich hechelte so schnell, dass ich kaum noch Luft bekam.

Mo schaute mich an. »Na, Jasper, beruhige dich mal«, sagte sie und klang beinahe wie Doktor Frischmuth, bevor er mit seiner Nadel zustach.

Unermüdlich massierte sie weiter, dann plötzlich weitete sich der Schraubstock. Ich konnte mich zurückziehen und sprang schnell ab, ohne Nala noch eines Blickes zu würdigen. Womöglich hatte ich soeben den längsten Akt in der mitteleuropäischen Geschichte meiner Rasse vollbracht, aber natürlich erzählte ich später nicht einmal Rex davon. Ich reckte mich, um festzustellen, ob alle Knochen noch an ihrem richtigen Platz waren. Einen Moment später rannte ich los. Ich suchte nach einer größeren Pfütze und legte mich sehr zum Unwillen meiner Herrin hinein, aber darauf konnte ich nun wirklich keine Rücksicht nehmen. Am wichtigsten war, dass ich mir die richtige Kühlung verschaffte.

Nalas Herrin war noch immer aufgeregt. Die alte Hündin hatte sich zu ihren Füßen gelegt, erschöpft, aber anscheinend unverletzt. »Ich glaube, ich sollte zum Tierarzt fahren«, sagte sie. »Nala darf auf keinen Fall trächtig werden. Eine Schwangerschaft würde sie umbringen.«

Ich beobachtete aus meiner Pfütze heraus, wie Mo in ihre Tasche griff und ihr Portemonnaie herausholte. Sie gab Nalas Herrin einen großen Geldschein.

»Hundert Euro«, sagte sie. »Ich beteilige mich natürlich an den Kosten.«

So schnell, dass man es kaum sehen konnte, steckte Nalas Herrin das Geld ein.

Wie geprügelt gingen Mo und ich zurück.

»He, Jasper«, sagte sie zu mir. »Dein erstes Mal war ganz schön teuer.«

5.

Ich hatte keine Ahnung, ob Anna mir zugehört hatte. Sie lag in ihrem Korb, während ich erzählt hatte. Gelegentlich, wenn ich schon glaubte, sie wäre eingeschlafen, warf sie sich herum und schaute mich an. Zuckungen liefen durch ihren Körper.

»Eine schöne Geschichte«, flüsterte sie mir zu. »Hast du Jule noch einmal wiedergesehen?«

Ich schüttelte den Kopf. »Ich glaube, sie ist weggezogen. War mir dann auch egal.«

Anna lächelte müde.

»Geht es dir besser?«, fragte ich.

Sie hatte die Augen geschlossen und den Kopf von mir abgewandt, daher konnte ich nicht sagen, ob sie mir geantwortet hatte. Ich begann mir wieder Sorgen zu machen. Nun musste es mitten in der Nacht sein. Draußen hatte es zu regnen begonnen. Plötzlich prasselte es gegen die Fenster, und dann blitzte es, und ein Donner krachte vom Himmel. Wenn ich etwas nicht ausstehen kann, dann ist es Donner. Einmal, als Mo mich mit in ein Straßencafé genommen hatte und ich gemütlich unter ihrem Tisch hockte, während sie telefonierte, war plötzlich ein Kanonenschlag losgegangen. Es sollte die Eröffnung eines Schützenfestes sein, aber ich hätte beinahe einen Herzinfarkt bekommen und wäre auf der Stelle gestorben. Seither werde ich bei jeder Art von Lärm einigermaßen nervös. Am liebsten hätte ich mich nun auch in eine Ecke verzogen, aber das wollte ich Anna in ihrem Zustand nicht antun. Sie wirkte immer apathischer. Noch ein Donner krachte von Himmel. Wozu gab es solche Gewitter? Wahrscheinlich nur, um uns Hunde zu erschrecken. Unter dem großen Bett von Mo und Herbert wäre es nun zweifellos am sichersten. Da würde sich kein Blitz hintrauen.

Oben hörte ich eine Tür klappen. Kam Mo herunter? Sehnsüchtig warf ich einen Blick hinauf, doch es war wohl eine verfrühte Hoffnung. Menschen schliefen ganz anders als wir Hunde.

Anna schaute mich an. Sie legte eine Pfote über den Rand des Korbes und berührte mich. So etwas tat Anna selten. Sie war am liebsten für sich allein. Wenn ich mit Rex und den anderen über die Wiese im Park preschte und an den heiligen weißen Knochen dachte, blieb sie meistens bei Mo zurück. Überhaupt war Anna schüchtern. Sobald ein Hund kam, den sie nicht kannte, machte sie sich immer ganz klein und legte sich hin, während ich erst recht den Rücken durchdrückte und mich in meiner vollen Pracht präsentierte. Als Rüde durfte man keine Schwäche zeigen, ansonsten hatte man schnell seinen Ruf als Feigling weg.

»Ich habe Angst«, flüsterte Anna. Sie schob mir ihre Pfote noch weiter entgegen.

»Das mit deinem Magen wird schon wieder«, sagte ich. »In ein paar Stunden, wenn es hell wird, kommt Mo und macht dich gesund. Sie hat so kleine weiße Kügelchen, die sie dir in den Mund schiebt. Hat sie bei mir auch schon gemacht, als auch ich jede Tüte ausgeschleckt habe, die irgendwo herumlag.«

»Glaubst du, dass es schlimm ist zu sterben?«

He, ich hatte keine Lust, über das Sterben zu reden – weder über Annas noch über mein Sterben.

»Keine Ahnung«, sagte ich, dann zuckte ich unwillkürlich zusammen, weil ein Blitz sein grelles Licht auf uns warf. Für einen winzigen Moment sah Anna aus, als wäre sie schon tot. Ich kriegte einen Mordsschreck.

»Was passiert mit uns, wenn wir tot sind?«, fragte Anna.

Ich hatte mal gehört, dass es auch im Himmel einen großen weißen Knochen und endlose Wiesen geben sollte, aber davon wollte ich mit Anna nun eigentlich nicht sprechen.

»Anna, du wirst nicht sterben, und wenn doch, dann sterbe ich gleich mit dir. Ich lasse dich nicht allein.«

Von Hanko erzählte man sich schauerliche Geschichten im Park. Er soll roten Schaum vorm Maul gehabt haben und so laut gejault haben, dass man es noch unten am großen Wasser hatte hören können. Manche glaubten sogar, er rase noch als Geist über die Wiesen, weil man ihn nicht anständig beerdigt, sondern Tierfutter aus ihm gemacht hatte, aber das waren nichts als üble Schauergeschichten, die sich die alte Nala und ihre blöden Freundinnen aus Langeweile erzählten, weil sich kein Rüde mehr für sie interessierte. Wer würde ernsthaft auf die Idee kommen, aus einem stolzen Hund Futter für Tiere zu machen, und wie sollte das überhaupt gehen?

»Ich habe Angst«, wiederholte Anna, während ich das Gefühl hatte, Blitz und Donner würden über unserem Haus zusammenschlagen. Am liebsten hätte ich einen von Herberts teuren Lederschuhen zerbissen und mir die Ohren mit den Resten zugestopft, aber das war nicht einmal im Notfall erlaubt.

»Hast du noch nie richtig große Angst gehabt?«, fragte sie weiter. Wieder rutschte sie unruhig herum und zitterte.

»Klar«, sagte ich. »Manchmal habe ich auch Angst gehabt.« Wenn ich ehrlich war, hatte ich bisher meistens im Brustton der Überzeugung das Gegenteil behauptet.

»Erzähl mir davon«, sagte Anna.

Ich schluckte. »Einmal habe ich wirklich den Tod vor Augen gehabt«, sagte ich leise.

Das große Wasser

Auch wenn ich meistens so getan habe, als wäre es anders, habe ich eigentlich ziemlich früh Angst bekommen – sogar richtige Angstattacken. Am Anfang hatte ich Angst, dass meine Mutter mir davonlaufen könnte. Nichts, so stellte ich mir vor, wäre schlimmer, als plötzlich allein auf der Welt zu sein. Dass ich noch Geschwister hatte, zählte da gar nicht. Auf Rüdiger und Co. war schließlich überhaupt kein Verlass.

Als ich zu Mo kam, fürchtete ich anfangs, sie könnte mich vergessen, wenn sie einkaufen ging und mich vor einem Laden anband, was ich aus diesem Grund nie ertragen konnte. Ich dachte immer, ihr könne plötzlich etwas einfallen, das sie von mir ablenken würde, wie ja Menschen schier ununterbrochen etwas durch den Kopf zu gehen scheint. Während wir einfach nur daliegen und einen Stock zerbeißen möchten, treibt eine furchtbare geheime Kraft die Zweibeiner dazu, immer weiterzugehen und nie innezuhalten. Niemals warten sie, ob man eine Spur ausgeschnüffelt oder einen Stock wirklich zerbissen hat. Unruhe ist ihr wahrer Name. Dabei stellen sie sich nicht einmal richtig schlau an. Offenbar ist ihnen noch nie aufgefallen, dass sie, je schneller sie gehen, desto schneller ankommen, also ein Spaziergang dadurch viel früher zu Ende ist. Ich trödle gerne, wende mich hierhin und dahin, um meine Marke zu setzen oder einfach nur zu erschnüffeln, wer sich in letzter Zeit in der Gegend herumgetrieben hat.

Angst hatte ich auch vor anderen Rüden. Gleich bei meinen ersten Gängen durch den Park wurde mir klar, dass man jederzeit fähig sein musste, sich zu wehren. Lautes Kläffen, Respekt erheischendes Knurren gehörten unbedingt zum Repertoire, das man sich zulegen musste, wollte man erhobenen Hauptes überleben. Manchmal aber half auch das nicht, zum Beispiel, wenn man von einem Fisch gebissen wurde. Als Mo ihre Eltern besuchte, hielt ich meinen Kopf ganz unbedarft in das Wasser ihres Gartenteiches. Es war herrlich klar und sauber, aber sofort schoss ein großer, goldener Fisch heran und biss mich in die Nase. Es tat furchtbar weh, und ich nahm mir vor, nie wieder einem Fisch zu begegnen.

Als ich das erste Mal ernsthaft in Schwierigkeiten geriet, rettete mich zu meinem Glück Hanko aus der Klemme. Eigentlich hat erst da, nach der Geschichte mit Jule, unsere

Freundschaft begonnen. Ich hatte Felix, den Dobermann, mit der Eisenkette um den Hals nicht rechtzeitig bemerkt. Er galt als der Wilde im Park, der Rüpel, um den man besser einen unauffälligen Bogen machte, ohne dass es wie Schwäche aussah. Sein Herr, ein Mann mit Lederjacke und Mütze, achtete nie sonderlich auf ihn, sondern ging nur rauchend seines Weges.

Ich glaube, ich hatte soeben eine heiße Hündin erspürt, als Felix sich ohne jede Warnung auf mich stürzte. Ich fiel ins Gras, fletschte aus einem Instinkt heraus die Zähne und versuchte wieder auf die Beine zu kommen, doch Felix ließ nicht locker. Er warf mich auf den Rücken und stemmte sich mit seinem ganzen Gewicht auf mich. Er roch ekelhaft, komischerweise nach irgendeinem Insektenspray, aber sein Geruch war bei weitem nicht das Schlimmste. Für ein paar Momente war ich beinahe sicher, dass er mich umbringen wollte. Er biss mich in die Flanke, was zum Glück nicht richtig wehtat, weil mein Fell da besonders dick ist, und dann ging er mir an die Kehle. Seine Zähne, die vor meinen Augen aufblitzten, waren so riesig und scharf, als könnte er damit Steine zerbeißen oder Knochen in null Komma nichts brechen. Ich glaube, mein Herz hörte ein paar Sekunden lang auf zu schlagen. Ich sah schon, wie Blut aus mir herauslief. Irgendwo, ohne dass es mir jedoch Mut machte, hörte ich Mo angstvoll rufen. Sie war viel zu weit entfernt, um mir helfen zu können. Außerdem hätte sie gegen den wilden Felix ohnehin nichts ausrichten können.

Dann aber stürzte Hanko heran. Normalerweise ist es nicht vorgesehen, dass ein Rüde einem anderen hilft, doch der alte Cocker war anders. Er besaß so eine Art Gerechtigkeitssinn. Er hatte alles beobachtet und meinte, mich beschützen zu müssen. Obwohl er viel kleiner war, rammte er Felix in die Seite, indem er einfach in ungebremstem Lauf gegen ihn stieß. Der brutale Dobermann geriet ins Straucheln und wandte sich nach Hanko um. Sofort, weil er nun einen gefährlicheren Gegner erblickt hatte, ließ er von mir ab und warf sich gegen Hanko. Vor Erleichterung wurde mir ganz schummrig. Ich sah alles verschwommen, wie durch schlechtes Glas, und hatte weiche Knie, als ich wieder auf die Beine kam. Mein erster Impuls war, abzuhauen, zu Mo zu laufen und mich hinter ihren Beinen zu verstecken. Ach, am liebsten hätte ich mich von ihr nach Hause tragen und mit geräuchertem Tofu füttern lassen, der höchsten Spezialität in ihrem Haushalt.

Doch nun machte Felix Anstalten, Hanko durch heftige und keineswegs nur angedeutete Beißattacken den Garaus zu machen. Ohne richtig nachzudenken und so wie ich es noch nie bei einem anderen Rüden gesehen hatte, sprang ich Felix auf den Rücken. Es war der glatte Wahnsinn – keine Übertreibung! Wie eine Katze, die an einer Mauer hochklettern wollte, hing ich da an dem bissigen Dobermann. Er hatte Hanko an der Brust erwischt und versuchte mich abzuschütteln, aber dann – ich weiß nicht, welcher Teufel mich geritten hat – war mein Kopf neben seinem Ohr, und ich schnappte zu. Es war nicht einmal ein richtig kraftvoller Biss. Meine Zahnreihen klappten nur kurz aufeinander, doch Felix ließ mit einem schrillen Jauler von Hanko ab und jagte davon, als wäre Silvesterabend und jemand hätte ihm eine Rakete in den Allerwertesten geschoben, die nun loszugehen drohte.

Hanko kam nur mühsam wieder auf die Beine. Er blutete ein wenig, war aber nicht so schwer verletzt, dass er nicht noch verlegen lächeln konnte.

»Danke, Kleiner«, sagte er, bevor Mo und sein Herr angerannt kamen, »das war verdammt knapp. Der Dobermann ist ein blutrünstiger Idiot, der keine Grenzen kennt.«

Felix sahen wir danach nie wieder im Park, aber Hanko wurde mein bester Freund. Er brachte mir all die sinnvollen Dinge bei, die man in der Benimmschule bei den Menschen nicht lernte, obwohl sie viel wichtiger waren als »Bleib« und »Platz« zu verstehen: Löcher graben, Kaninchen den Weg abschneiden oder vor welchen Vögeln man sich vorsehen musste. Schwäne etwa waren wirklich gefährlich, selbst wenn sie so langsam über das Wasser glitten, dass man glauben mochte, sie würden gleich einschlafen. Auch dass man sich vor manchen Katzen in Acht nehmen sollte, wenn sie sich quer stellten und einen Buckel schlugen, hat Hanko mir beigebracht.

Hanko hatte auch immer einen Spruch auf Lager. Es schien nichts zu geben, was er noch nicht erlebt hatte. »Einmal gebissen, zweimal zurückbeißen«, pflegte er zu sagen. Oder: »Nachts sind alle Katzen zu verhauen.« Oder: »Besser ein Stück Brot im Napf als die Wurst im Kühlschrank.« Manchmal allerdings konnte einem seine Weisheit schon auf die Nerven gehen.

Als Hanko starb, glaubte ich, die Welt ginge unter. Wie konnte es sein, dass der kluge alte Hanko vergiftetes Fleisch gefressen hatte? Gut, er war immer gierig, wenn es ums Futter ging, und hatte geheime und völlig unbegründete Ängste, einmal zu verhungern, doch spürte man nicht, wenn man etwas fraß, das einem nicht bekam? Ich konnte es nicht verstehen.

Am liebsten hätte ich mich im Park auf die Lauer gelegt, um herauszufinden, wer Hanko umgebracht hatte. Viele Gerüchte gingen im Park umher. Jemand habe geschworen, alle Hunde auszurotten. Das Gift, das man gefunden habe, habe gereicht, um sämtliche Tiere der Gegend zu töten. Auch Mo war besorgt. Sie ließ mich eine ganze Woche lang nicht mehr von der Leine. So hatte ich keine Gelegenheit, mich als Spürnase zu erweisen und den Täter zu finden. Später hieß es, man habe eine alte Frau gefasst, deren Hund an einem Biss gestorben war. Sie habe aus Rache gehandelt.

Richtige Todesangst hatte ich jedoch nur einmal. Es muss kurz nach Hankos Tod gewesen sein, als Mo den Park, so gut es ging, mied und mit mir häufiger zum großen Wasser fuhr. Mir gefiel es am großen Wasser. Nirgends konnte man besser Vögel aufscheuchen, und Kies und Sand unter den Füßen taten auch gut. Irgendwo unter dem Sand musste der große weiße Knochen liegen. Da war ich mir ganz sicher. Ich buddelte auch an den unmöglichsten Stellen – sehr zum Missfallen meiner Herrin. Danach trieb sie mich ins Wasser, damit mein Fell wieder sauber wurde, doch auch das gefiel mir. Schiffe zogen in einiger Entfernung vorbei, von denen Hunde herunterkläfften, Angeber, die so taten, als würde das große Wasser ihnen gehören, dabei waren sie lediglich auf der Durchreise.

Besonders, wenn es heiß war, konnte es kein größeres Vergnügen geben, als sich ins Wasser zu stürzen. Mo warf mir Steine oder Stöcke hinein, und ich jagte hin und her und versuchte sie zu erwischen, ein Spiel, das ich stundenlang hätte spielen können. Leider verlor Mo meistens recht schnell die Lust. Menschen haben immer zu viele Pläne, zu viele Dinge, die sie von dem Eigentlichen abhalten.

Das große Wasser war nicht ungefährlich, vor allem wenn ein Schiff vorbeifuhr. Mitunter wurde man ganz schön hin und her geworfen, doch eigentlich passte ich immer auf, dass mein hübscher Kopf über Wasser blieb. Einmal allerdings kam es zu einem folgenschweren Missverständnis zwischen Mo und mir. Sie hatte mir einen Stock geworfen, hinter dem ich herraste, als ich aus den Augenwinkeln bemerkte, dass sie einen anderen Gegenstand vom Boden nahm, weit ausholte und ihn weit in den Fluss schleuderte. Erst später begriff ich, dass es eine kaputte Flasche war, die sie nur vom Strand weg befördern wollte. Keinesfalls sollte ich diesen Gegenstand einfangen. Doch ich jagte ins Wasser und schwamm weiter hinaus, um mir meine neue Beute zu sichern. So sehr hatte Mo mich noch nie gefordert. Ich hörte sie schreien, aber weil mich eine Welle erfasste, klang es eher wie eine Anfeuerung denn wie der dringende Ruf, sofort zurückzukommen. Ich sah, wie der Gegenstand ein gutes Stück vor mir versank, und versuchte noch schneller zu schwimmen. Dann tauchte dunkel und bedrohlich ein riesiges Schiffsungetüm rechts von mir auf, das ich vorher überhaupt nicht registriert hatte. Die Welle, die neben dem Schiff herlief, warf mich herum und tauchte mich unter. Ich schluckte so viel Wasser, wie ich an zwei Tagen normalerweise nicht trinke. Irgendetwas traf mich am Kopf, ein rostiger Blechkanister, dann schaffte ich es, meine Schnauze wieder über Wasser zu bekommen. Ich rang nach Luft, doch sofort erwischte mich die nächste Welle, die weiß und wild war. Ich wurde förmlich in die Tiefe gesogen. Was vorher oben gewesen war, geriet plötzlich nach unten. Ein Fisch trieb vorbei und schaute mich mitleidig an. In meinem Körper war ein Schmerz, den ich nie zuvor gespürt hatte. Kein Biss, nicht einmal der Stich, als ich mir einmal einen langen Stock in den Hals gerammt hatte, war so schrecklich schmerzhaft gewesen. Es war, als hätte ich zwei grobe Menschenhände in mir, die an meinen Eingeweiden zogen. Eine ungeheure Angst breitete sich in mir aus. Ich würde gleich sterben, begriff ich. Kein vergiftetes Fleisch, nein, das Wasser brachte mich um.

Ich hörte auf, um mich zu strampeln, und spürte, wie die letzte Kraft aus meinem Körper wich, als eine Welle, die diesmal von unten zu kommen schien, mich wieder nach oben, an die Wasseroberfläche wirbelte. Ich atmete Wasser und Luft gleichzeitig, würgte und hustete. Das Schiff war ein Stück weitergefahren. Oben stand tatsächlich ein struppiger, hässlicher Hund und kläffte schadenfroh auf mich herunter. Die Wellen schienen abzuebben, doch ich hatte keinen Willen mehr in mir, um auch nur eine Pfote zu heben. Langsam trieb ich auf das große Wasser hinaus. Ich wusste, dass es eindeutig die falsche Richtung war. Allein half dieses Wissen mir nichts mehr. Bestenfalls könnte ich versuchen, den Kopf über Wasser zu halten, um nicht sofort zu ertrinken. Ein Stück entfernt kam schon das nächste Schiff heran. Es wirkte wie ein großes schwarzes Maul, das auf mich zusteuerte. Der riesige Höllenhund, der einen am Ende seines Lebens verschluckte, wenn man Pech hatte. Auch diese Geschichte hatte Hanko mir mal erzählt. Damals hatte ich sie ihm nicht geglaubt, nun begriff ich, dass sie doch wahr sein konnte.

Müde schloss ich die Augen. Eine nächste, etwas kleinere Welle schwappte über mich hinweg, doch dann tauchte plötzlich eine kräftige Hand auf, die mich packte. Mo war wie aus dem Nichts neben mir. Sie hatte sich mitten ins große Wasser gezaubert. Nein, nicht gezaubert, sie konnte auch schwimmen, fast so gut wie wir Hunde. Sie hatte klitschnasse Haare, ihr Gesicht war ernst, trotzdem schimmerte ein Lächeln in ihren Augen.

»Jasper!«, keuchte sie. »Dummer Jasper!«

Sie zog mich hinter sich her, auf den Strand zu. Größere Wellen schossen heran. Ein furchtbares Tuten, das mich zusammenschrecken ließ, ging von dem Schiff aus. Dann aber hatte zumindest Mo wieder festen Boden unter den Füßen. Sie erhob sich aus dem Wasser und nahm mich auf den Arm. Ich schmiegte mich an sie, als wäre ich ein kleiner, ängstlicher Hund, und das war ich in diesem Moment wohl auch. Noch immer spuckte ich Wasser und röchelte. Erst als Mo mich auf einem hohen Stein absetzte, bemerkte ich, wie sie aussah. Sie war fast nackt, trug nur ein weißes Hemd und eine knappe Hose und war natürlich vollkommen durchnässt.

»O Jasper«, sagte sie immer wieder, »du wärst fast ertrunken!« Tränen rannen ihr über die Wangen, vielleicht weil sie auch zu viel Wasser geschluckt hatte.

Ein Mann kam vorbei und starrte uns an, und Mo bedeutete ihm unfreundlich, dass er weitergehen sollte, es sei nichts passiert. Eine Weile hockten wir noch auf den Steinen und blickten beide auf das gefährliche Wasser hinaus. Dann streifte Mo sich ihren Pullover und ihre lange Hose über, die trocken auf einem anderen Stein gelegen hatten, und ging mit mir zu ihrer Höllenmaschine. Ich hatte immer noch so viel Angst in mir, dass ich fast nicht mehr von der Stelle kam und mich fühlte, als wäre ich der älteste Hund der Welt.

Herbert und ihren Jungen hat Mo niemals von unserem Abenteuer erzählt.

6.

Kaum hatte ich meine Geschichte beendet, erhob sich Anna und stieg aus ihrem Korb. Sie begann langsam zur Tür zu gehen. In ihrem Körper zuckte und bebte es. Noch immer schien sie furchtbare Schmerzen zu haben. Dann ließ sie sich auf den kalten Fliesen nieder. Das Gewitter war weitergezogen. Nur ein leichter Regen war noch zu hören. Sonst war alles still. Nicht einmal der ferne Klang eines vorbeifahrenden Autos wehte herüber. Es war wirklich tiefste Nacht.

»Geht es dir besser?«, fragte ich aus Ratlosigkeit, weil ich sonst nichts tun konnte. Ein ungesunder gelblicher Schimmer lag in ihren Augen.

»Ein wenig«, sagte sie, aber es klang, als wollte sie mich nur beruhigen. »Ich habe gar nicht gewusst, dass du fast ertrunken wärst.«

Ich nickte. Eine weiße Katze schlich an dem Fenster an der Treppe vorbei. Eigentlich hätte ich nun zumindest knurren müssen, doch ich war viel zu müde. Nun, da der Korb frei war, hätte ich mich am liebsten hineingelegt. Ich konnte mich nicht erinnern, wann ich einmal eine Nacht nicht geschlafen hatte. Ja, auch mich zwickte es gelegentlich im Bauch, und einmal war mir so übel gewesen, dass ich dringend mein

Geschäft verrichten musste. Klug, wie ich war, hatte ich mich dazu die Kellertreppe hinunter verzogen.

Anna, wollen wir nicht endlich schlafen? wollte ich sagen, als ich bemerkte, dass sie nach Blut roch, nach dünnem, wässrigem Blut. Sofort stieg wieder Panik in mir auf. Ich ging zu ihr und legte mich neben sie. Sanft drückte sie mir ihren Kopf an die Schulter. Für einen Moment war ich überzeugt, dass sie tatsächlich sterben müsste. Eine unendliche Traurigkeit überfiel mich. Warum musste alles vergehen? Konnten die Dinge nicht einfach für eine Weile so bleiben, wie sie waren? Anna war noch so jung; es war ungerecht, dass sie starb. Was konnte ich noch für sie tun? Wenn es mir schlechtging oder ich mich zu sehr langweilte, weil Mo und ihre Jungen keine Zeit für mich hatten, dann schnappte ich mir manchmal doch einen alten Lederschuh, der aber nie Herbert gehörte, und kaute darauf herum. Ich konnte mir dabei eine Menge vorstellen, wie ich durch einen Wald jagte, in dem mich alle Tiere fürchteten, und wie ich schließlich in einem verlassenen Kaninchenbau den weißen heiligen Knochen fand. Ein alter Schuh aber wäre nun bestimmt nicht das Richtige für Anna.

»Vielleicht solltest du noch etwas Wasser trinken«, sagte ich hilflos. »Oder kannst du nicht das Gift aus dir herauswürgen?« Warum kam ich erst jetzt auf die Idee? Wenn man sich richtig anstrengte, konnte man sogar einen Stein ausspucken, der einem tief in den Magen gerutscht war. Ich hatte das in meiner Jugend ein paar Mal zum Zeitvertreib ausprobiert.

»Was hast du eigentlich gedacht, als du mich das erste Mal gesehen hast?«, fragte Anna. Sie erhob sich wieder, ging staksig in Richtung Korb und machte dann kehrt. Sie war nie die Schnellste, sondern immer darauf bedacht, nicht zu flink zu laufen, aber nun schwankte sie so wie ich damals, als ich fast ertrunken wäre und Mo mich gerettet hatte.

»O Anna! Was soll ich gedacht haben?« Ich blickte hilflos zur Decke. Wenn ich ihr die Wahrheit sagen würde, wäre sie total enttäuscht. Zuerst, nachdem sich die erste Aufregung über ihr plötzliches Auftauchen gelegt hatte, hatte ich gedacht: Hoffentlich muss ich mit der Kleinen nicht spazieren gehen! Wenn Rex mich mit ihr sieht, werde ich so tun, als würde ich sie nicht kennen. Ich bin ein ausgewachsener Hund, kein Babysitter. Hoffentlich bleibt die Kleine nicht für immer!

Wenig später war mir das Schaf eingefallen, das einmal in mich verliebt gewesen war. Ja, auf den ersten Blick glich Anna diesem Schaf, nur dass sie nicht solch merkwürdige Geräusche von sich gab. Mo war ganz allein mit mir in die Berge gefahren, um zu wandern, und da hatten wir dieses Schaf getroffen, ein höchst seltsames Tier mit dunklen Knopfaugen, das übel stank und mit anderen Schafen auf einer Wiese weidete. Kaum hatte es mich erblickt, war es zu uns gekommen und war mir überallhin gefolgt, über jeden Stock und jeden Stein. Zärtlich und liebeskrank, so viel hatte ich sofort begriffen, hatte es mich angeblökt. Ich hatte sofort geknurrt, weil mir diese Blökerei gänzlich wider die Natur vorgekommen war, aber das Schaf hatte sich nicht abschrecken lassen. Zu Mos Belustigung hatte es nur mal kurz den Kopf gesenkt und war uns dann weiter nachgelaufen, über den Hof des Bauernhauses, in dem wir wohnten, bis zur

Straße und noch ein gutes Stück weiter. Schließlich war der Bauer gekommen, der das Blöken ebenfalls gehört hatte, und hatte sein Schaf, das wohl Molly genannt wurde, in den Stall gebracht und eingesperrt. Von dort hatte es mich die eine Woche, die wir auf dem Bauernhof verbrachten, traurig angeschaut.

Anna ähnelte einem blökenden Schaf? Nein, davon wollte ich ihr besser nichts erzählen.

»Gut, Anna«, sagte ich und schaffte es nicht, ein Gähnen zu unterdrücken. »Erzähle ich dir also von dem Abend, als du hergezaubert wurdest. Ja, so ähnlich war es. Wie Zauberei im Schnee.«

Anna fällt vom Himmel

Habe ich schon gesagt, dass ich den Winter besonders liebe? Zwar wird es zu dieser Jahreszeit viel zu früh dunkel, so dass ich noch weniger vor die Tür komme, besonders wenn die Jungen sich um mich kümmern müssen, aber dafür kann es passieren, dass Schnee fällt. Ich liebe es, mich im sauberen, frischen Schnee zu wälzen, Schneebällen nachzujagen, die Oskar und Micha werfen, oder mit offenem Maul nach herabfallenden Schneeflocken zu springen. Auch Schnee zu fressen macht mir einen Heidenspaß. Allerdings muss man aufpassen, dass man nicht zu viel erwischt und dann nicht mitten in der Nacht dringend vor die Tür muss. Wenn Schnee liegt, ist die ganze Welt ein wenig anders. Alles ist stiller und irgendwie feierlicher, und die Höllenmaschinen rasen nicht so gefährlich durch die Straßen. Klar, manchmal wird es an den Pfoten recht unangenehm, wenn Eisklumpen da festfrieren, aber solche Dinge nehme ich gerne in Kauf.

Anna, du tauchtest mitten im Winter auf, genau zu der Zeit, wo die Menschen sich besonders merkwürdig verhalten und einen grünen stachligen Baum kaufen und mit angestrengtem Gesicht nach Hause tragen. Ich hatte es schon einige Male beobachtet. Keine Ahnung, warum sie so etwas taten. Für uns Rüden haben Bäume ja einen sehr eindeutigen Zweck. Sie stehen da, damit wir unsere Marken setzen und Botschaften verbreiten können, und manchmal, bei großer Hitze ist auch der Schatten, den sie werfen, ganz willkommen. Menschen sehen das völlig anders. Für sie wachsen Bäume offenbar in erster Line dazu, abgesägt und bei Eis und Schnee in einem viel zu warmen Zimmer aufgestellt und mit glänzenden Kugeln behängt zu werden.

Ich weiß, dass dann immer die Zeit der besonderen Ermahnungen beginnt. »Jasper, gehe nicht so nahe an den Baum!« – »Jasper, pass auf, die Kerzen brennen!« – »Jasper, du hast schon wieder eine Kugel heruntergerissen!« Nach der dritten Ermahnung ruft Herbert dann meistens: »Mein Gott, kann nicht jemand den Hund in den Flur sperren!«

Ist ein grüner, stachliger Baum im Haus, könnte man sich beinahe wünschen, taub zu sein.

In dem Jahr, als du vom Himmel fielst, Anna, war es besonders schlimm. Die Hektik war noch größer als je zuvor. Schnee ging in Regen über, der sich wieder in Schnee verwandelte. Wie so häufig bei diesem Wetter hatte kaum jemand Lust, mit mir in den Park zu gehen. Mo delegierte diese Spaziergänge meist an ihre Jungen, so dass ich keine richtigen Streifzüge mehr machen, sondern allenfalls da und dort meine Duftmarke setzen konnte, als Lebenszeichen gewissermaßen. Rex und Gus sah ich nur von weitem. Auch sie waren angeleint und mussten brav neben ihren Menschen hertraben.

Meine Laune wurde immer schlechter, vor allem, weil auch Mo kaum noch ansprechbar war. Meistens lief sie mit einem Putzlappen herum oder mit dem Teufelsding, das ich besonders hasse – einem Staubsauger, der einen Krach verursacht, dass man Kopfschmerzen bekommt und man sich am liebsten auf ihn stürzen würde, um ihn kurz und klein zu beißen.

Bald begriff ich: Mo bekam Besuch. Ihre Mutter, eine sehr ordentliche Frau mit schlohweißem Haar, die sich nie traute, mich anzufassen, weil sie mich für unhygienisch hielt, hatte sich angekündigt.

Herbert hievte unter lautem Gefluche den stachligen Baum ins große Zimmer. Normalerweise machten das die Jungen, aber irgendwie schien er von der allgemeinen Hektik angesteckt zu sein und glaubte, sich nicht in sein Arbeitszimmer zurückziehen zu können. Dass dabei eine Vase zu Bruch ging, schob er gleich mir zu. Ich hätte ihm im Weg gestanden – was so natürlich gar nicht stimmte. Ich hatte lediglich den Baum ein wenig abgeschnuppert, ob nicht noch eine Marke zu erspüren war. Überhaupt sei ich zu nichts nütze, meinte er mürrisch, während er den Baum betrachtete. Vielleicht solle man überlegen, ob man mich nicht wieder für ein paar Wochen zu Doktor Frischmuth in Pension gebe. Er wolle sich erholen und müsse auch einmal ausschlafen.

Mo stellte ihren Staubsauger zur Seite und lachte daraufhin atemlos auf, so wie sie immer lacht, wenn ihr gar nicht fröhlich zumute ist. Er gehe doch morgens gar nicht mit dem Hund, rief sie Herbert zu. Sie und nur sie allein laufe jeden Morgen noch bei Dunkelheit durch den Park.

Anna, an diesem Tag hätte die Stimmung bei allen kaum schlechter sein können.

Ich verzog mich in eine Ecke und schmollte. Wenn ich eines übelnahm, dann war es, nicht pünktlich mein Fressen zu bekommen – und die Drohung, mich in die Pension zu Doktor Frischmuth zu bringen.

Micha und Oskar lachten über den Baum, der schief war und so groß, dass Herbert die Spitze absägen musste. Mitten in dem allgemeinen Durcheinander klingelte das Telefon, und ich hörte von meinem zurückgezogenen Beobachtungsposten, wie Mo überrascht und entsetzt zugleich rief: »Nein, Mutter, wir haben dich nicht vergessen ... Es tut mir leid ... Ich komme sofort ... Natürlich hole ich dich ab ... Ein Taxi ist doch viel zu teuer ... Ich bin schon unterwegs.«

Kaum hatte sie aufgelegt, warf sie Herbert einen bitterbösen Blick zu. »Warum sagt mir denn keiner, dass es schon halb zwei ist? Meine Mutter steht am Bahnhof und wartet.«

Herbert sagte kein Wort, er zuckte lediglich mit den Achseln. Es war ja auch nicht seine Mutter, die sie versetzt hatten.

Geschieht ihm recht, wenn er Ärger bekommt, dachte ich.

»Ich hoffe, ihr könnt den Weihnachtsbaum allein schmücken«, sagte Mo noch. »Dieses Jahr möchte ich nur blaue Kugeln und weiße Kerzen am Baum haben.« Ich beobachtete genau, wie sie in die Diele ging. Hob sie die Leine vielleicht auf? Das wäre das untrügliche Zeichen, dass sie mich mitnehmen würde. Ich wagte es nicht zu hoffen.

Tatsächlich, nachdem sie sich ihre Jacke übergezogen hatte und in ihre Turnschuhe geschlüpft war, bückte sie sich nach der Leine. Ich stürmte aus meiner Ecke in den Flur und sprang sie von der Seite an, so wie ich es immer tue. Diesmal reagierte sie besonders ungehalten.

»Hör auf, Jasper, sonst bleibst du hier!«, rief sie und leinte mich an. Dann liefen wir zu ihrer Höllenmaschine.

Schnee fiel lautlos vom Himmel. Es war beinahe schon dunkel, obwohl es erst Nachmittag war. Mos Mutter wartete mit steinernem, abweisendem Gesicht vor dem Bahnhof. Neben ihr stand ein Mann mit einem langen Bart, der einen merkwürdigen Umhang und einen Sack über der Schulter trug. Erst dachte ich, der Mann würde Mos Mutter begleiten, aber während sie zu uns in den Wagen stieg, rührte er sich gar nicht und half ihr auch nicht mit ihrem schweren Koffer. Mos Mutter roch nach einem furchtbaren Parfüm, so dass mir fast übel wurde. Als der Mann mit dem Umhang mich in der Höllenmaschine entdeckte, winkte er mir zu, und er lachte, als würde er sich über etwas freuen. Oder, fiel mir später ein, als würde er mich kennen.

Zu Hause begann dasselbe langweilige Programm wie jedes Jahr, wenn sie den stachligen Baum aufgestellt hatten, an dem nun auch Kugeln und Kerzen zu sehen waren. Mo kochte Fisch, dessen wunderbarer Duft durch das ganze Haus zog, und ihre Mutter saß in einem Sessel und gab Ratschläge, auf die Mo nie einging, während Herbert hin und her lief und etliche Pakete unter den Baum legte. Wie gewöhnlich befand sich auch ein Paket für mich darunter. Es war das einzige, das locker in Zeitungspapier eingepackt war und nach Fleisch roch. Eine Wurst! Mir lief schon das Wasser im Mund zusammen, so eine Portion bekam ich nur an dem Abend des stachligen Baumes, aber ich wusste, dass ich noch eine Menge Geduld aufbringen musste, bis ich die Wurst ganz offiziell auffressen durfte. Erst würden die Menschen singen, dann essen und trinken, dann wieder singen, dann noch mehr essen und trinken. Anschließend würden sie sich alle umarmen und sich mit lautem Gerufe, als hätte ihr Gehör während des Essens gelitten, die Pakete überreichen. Dann erst war auch ich an der Reihe. Ich bekam immer das letzte Paket. Ich würde daher absolut nichts verpassen, wenn ich unter dem Tisch ein Schläfchen hielt.

Keine Ahnung, wovon ich geträumt hatte, von heiligen weißen Knochen vermutlich, als ich plötzlich ein verdächtiges Geräusch von der Straße vernahm, das natürlich sonst niemand wahrgenommen hatte. Ich trabte in den Flur, und da entdeckte ich ihn durch das Fenster an der Treppe, den Mann mit dem Bart und dem langen Umhang. Er stand im Licht der Laterne und kehrte mir den Rücken zu. Schneeflocken trudelten langsam zur Erde, während er den Gehsteig hinunterlief. Trotzdem erkannte ich ihn genau. Kurz bevor er verschwand, drehte er sich um und machte eine Bewegung mit den Händen, die aussah, als würde er mir zuwinken oder als würde er etwas auffangen, das vom Himmel fiel.

Ich war irritiert. Wieso war der bärtige Mann vom Bahnhof plötzlich hier? Oder war er es gar nicht, sondern ein anderer, der so ähnlich aussah? Leider war der Geruch des Mannes nicht wirklich bis zu mir gedrungen, sonst hätte ich die beiden auf Anhieb unterscheiden können.

Nun, eigentlich war es ja auch gleichgültig. Was mich in dieser Nacht vor allem interessierte, war die Wurst in dem Zeitungspapier, aber da würde ich noch eine Weile warten müssen. Meine Leute hatten eben erst die Kerzen am stachligen Baum angezündet, so dass es allmählich unerträglich heiß wurde, obwohl doch Winter war. Essend und trinkend saßen sie am Tisch, ohne mir einen Blick zu gönnen.

Das Geräusch, das ich wenig später vernahm, kam eindeutig von der Straße vor unserem Haus. Ein leises, klägliches Fiepen, wie von einer zu großen Maus. Ich spitzte überrascht die Ohren. Was sollte eine zu große Maus vor der Tür treiben? Die Maus, die ich bei Doktor Frischmuth gesehen und die mich vor dem Wahnsinn gerettet hatte, fiel mir ein. Doch als ich die Türritze abschnupperte, roch ich nassen Karton, den Geruch einer Decke und etwas, das ich nicht einordnen konnte. Ein Tier – ohne Frage. Aber was für eines?

Ratlos trabte ich ins Zimmer zurück. Meine Leute waren immer noch beim Essen, aber zumindest Micha sah schon so aus, als hätte er genug. Er hatte mit missmutigem Gesicht schon seinen Holzkasten mit den vier Saiten zurechtgelegt. Also würde ich noch ein paar üble Geräusche geboten bekommen.

Das Fiepen erklang noch einmal. Hörten die Menschen es denn nicht selbst? Nein, ihre Ohren waren nur dazu da, Höllenmaschinen, lautes Geschrei und Michas schreckliches Gefiedel wahrzunehmen. Mir blieb nichts anderes übrig, als einmal energisch zu bellen. Alle Gesichter vom Tisch wandten sich mir zu, die meisten blickten ärgerlich, einzig Mo zeigte eine gewisse Neugier, doch als ich in den Flur zurücklief, folgte auch sie mir nicht. Also musste ich noch einmal bellen, diesmal tief und warnend.

Nun sprangen sie doch auf und kamen in den Flur.

»Was soll denn der Unsinn, Jasper?«, fragte Herbert, als hätte ich wer weiß was angestellt.

»Vielleicht ist das Christkind gekommen!«, rief Oskar und lachte spöttisch.

»Oder der Weihnachtsmann ist mit seinem Schlitten auf dem Dach gelandet«, meinte Micha, bevor er ebenfalls hinter vorgehaltener Hand lachte.

Mo öffnete die Tür. Im nächsten Moment war das Fiepen noch besser zu hören. Ein klägliches, pfeifendes Geräusch.

Ich versuchte mich vorzudrängen, um zu sehen, woher dieses Fiepen kam, doch Herbert schob mich zurück. Trotzdem konnte ich einen grauen, aufgeweichten Karton sehen, der am Fuß der Treppe auf dem schmalen Weg zur Straße stand. Schnee war auf den Karton gefallen, so dass er hell im Licht der Laterne glänzte. Fußspuren führten zu dem Paket hin, aber nicht wieder weg, was mir überaus seltsam vorkam.

»Ein Weihnachtspaket!«, rief Micha und lachte, als hätte er einen Witz gemacht, aber nicht einmal Oskar stimmte in dieses Lachen mit ein.

Mo war als Erste an diesem Paket, dann war ich auch schon da, weil ich mich an Herbert vorbeigeschlängelt hatte.

Das Fiepen hatte nun aufgehört. Trotzdem ahnte ich

endlich, was sich in dem Paket befand. Das warst du, Anna, ein winziger, frierender Hund.

Mo riss einen winzigen Zettel ab, der an dem Paket hing, und hielt ihn ins Licht.

»Was steht da?«, wollte Herbert wissen. »Was soll der Unsinn? Will uns jemand zum Narren halten?«

»Hat der Postbote das gebracht? Ein Geschenk?«, wollte Mos Mutter wissen, die auch mit auf die Straße gekommen war. »Warum hat er denn nicht geklingelt?«

»Mutter, für einen richtigen Postboten ist es doch viel zu spät«, erwiderte Mo, während ich den Karton abschnüffelte. »Auf dem Zettel steht: ›Frohe Weinachten und, bitte, tun sie sich gut um die Kleine kümmern.‹ – Muss ein Kind geschrieben haben. Mit zwei Rechtschreibfehlern.«

»Ist da vielleicht ein Baby im Karton!«, rief Micha aufgeregt. »Jemand hat uns ein lebendiges Kind vor die Tür gelegt.«

»Das hätte uns noch gefehlt!«, meinte Herbert, der nun an dem Paket hantierte, um es zu öffnen. »Ein Kind am Weihnachtsabend.«

Ich bellte laut auf, um ihm mitzuteilen, dass er sich wieder einmal irrte. Im nächsten Augenblick fiel die Haustür hinter uns ins Schloss.

»Verdammt, Jasper!«, rief Herbert, als wäre ich wieder einmal schuld. Er drehte sich zum Eingang um: »Hat jemand einen Schlüssel mitgenommen?«

Niemand achtete auf ihn, geschweige denn gab ihm jemand eine Antwort, weil Mo nun den Karton geöffnet hatte. Nichts passierte. Nichts regte sich. Kein Ton drang aus dem

Inneren, nur der Geruch von Angst und Einsamkeit strömte in die kalte Winternacht hinaus.

Ich versuchte erneut, meine Schnauze nach vorn zu schieben, wurde aber am Halsband von Herbert zurückgehalten.

»Ist da wirklich ein Kind drin?«, fragte Micha, nun noch angespannter, und sein Blick fiel auf die seltsamen Fußspuren. »Ein Kind in der Weihnachtsnacht?«

Mo beugte sich vor. Für einen Moment herrschte atemlose Stille. Noch nie hatte ich Micha und Oskar so aufmerksam gesehen, sogar Herbert und Mos Mutter schienen ein paar Atemzüge lang ganz gebannt zu sein.

»Nein«, sagte Mo. Sie streckte ihre Hände aus und zog ein zitterndes Fellbündel hervor. »Es ist ein kleiner Hund.«

»Na, Gott sei Dank!«, rief Herbert wirklich erleichtert. Er hatte sich wohl schon mit einem verlorenen Säugling im Arm gesehen. »Aber was sollen wir mit einem zweiten Hund? Wir müssen ihn zurückbringen!«

»Vielleicht sollten wir dann lieber Jasper wieder eintauschen«, meinte Micha und kicherte.

Ich tat, als hätte ich nichts gehört, und schaute Mo an.

Sie strich dir über den Kopf, Anna, und versuchte dich zu beruhigen. Deine Augen waren groß und dunkel, und deine Zunge hing ein wenig seitlich aus dem kleinen Maul, wie du es heute auch noch gelegentlich tust.

»Wo kann dieser Hund nur hergekommen sein?«, fragte Herbert und machte zwei Schritte auf die Straße hinaus. Seine Fußspuren waren viel größer als diejenigen, die zum Paket führten. Konnte ein Kind den Karton getragen haben? Oder war es doch der Mann in dem langen Umhang gewesen? Im Ausschnüffeln von Fußspuren war ich leider noch nie besonders gut gewesen.

Mo hielt dich mir hin, Anna, damit ich einmal an dir schnüffeln konnte.

»Sei lieb«, sagte sie leise, »es ist ein kleines Hundemädchen, das man uns da vor die Tür gelegt hat.«

»Wollen wir den Hund behalten?«, fragte Micha.

»Nein!«, rief Herbert von der Straße herüber. »Auf keinen Fall! Eher bringen wir den Hund zu Doktor Frischmuth. Oder wir rufen das Fundbüro an.« Er schaute in einige Hauseingänge, als würde er tatsächlich glauben, er könnte denjenigen entdecken, der das Paket gebracht hatte.

Ich bellte einmal kurz auf, nur um meinen Protest anzumelden. Außerdem beschloss ich, es mir zur Gewohnheit zu machen, immer dann entrüstet zu bellen, wenn der Name Doktor Frischmuth fiel.

»Auf jeden Fall kann der Hund nicht die ganze Nacht draußen bleiben. Bei der Kälte würde er erfrieren. Wir müssen uns um ihn kümmern«, sagte Mo. Sie lächelte, während sie dir über den Kopf strich, Anna.

»Ich würde auch lieber wieder hineingehen«, erklärte ihre Mutter. »Mir wird allmählich kalt.« Leichter Schneefall hatte wieder eingesetzt.

Kleiner Hund im Karton hin oder her – am liebsten wäre ich noch in den Park gelaufen. Schließlich gab es nichts Schöneres, als sich im Schnee zu wälzen. Leider aber drehten alle ab und kehrten zum Haus zurück.

Herbert klopfte seine Hosentaschen ab. »Ich fürchte, mein Schlüssel liegt auf der Kommode.« Er schaute Mo fragend an.

Sie schüttelte den Kopf. »Ich weiß nicht. Ich glaube, ich habe meinen in der Handtasche.«

»Mir wird wirklich kalt«, mischte sich erneut ihre Mutter ein, nun mit ziemlich viel Ungeduld in der Stimme.

»Gleich, Mutter«, sagte Mo unwirsch. »Micha, hol mal den Ersatzschlüssel von der Kellertreppe. Er muss in der alten Blechdose liegen.«

Micha wollte sich schon in Bewegung setzen, als Oskar zögernd und mit gesenktem Kopf meinte: »Tut mir leid. Der Schlüssel liegt in der Garage. Habe ich neulich da vergessen.«

»Na großartig!«, rief Herbert. Er schien nun auch zu frieren, so wie er die Arme um seinen Oberkörper schlang. Vielleicht wollte er aber auch nur zeigen, wie wütend er war. »Hat jemand zufällig einen Garagenschlüssel in der Tasche?«

Alle Menschen sahen sich so ratlos an, wie ich sie noch nie gesehen hatte, einschließlich Mo, die sonst immer einen Ausweg wusste.

»Und jetzt?«, fragte Herbert mit so lauter Stimme, dass Mos Mutter unwillkürlich zusammenzuckte. Er schlug mit der Faust gegen die geschlossene Haustür, was natürlich nichts bewirkte. »Sollen wir versuchen, am Heiligen Abend in unser eigenes Haus einzubrechen?«

Von irgendwoher drang Weihnachtsmusik herüber, und es begann wieder heftiger zu schneien. Ich lief auf die Straße und blickte in Richtung Park. Solange die Menschen sich nicht einig waren, was sie tun sollten, könnte ich mich ja ein wenig im Schnee vergnügen.

Plötzlich schrie Mo auf, dass es klang, als wäre sie verletzt, aber dir, Anna, war nur ein kleines Malheur passiert, so ähnlich wie mir, als ich ganz frisch gekommen war. Jedenfalls war ihr halber Pullover nass. Sie setzte dich auf der Straße ab und ließ sich von Herbert ein Taschentuch geben, um sich zumindest die Hände zu säubern.

»Ich bin nicht länger gewillt, diese Kälte zu ertragen«, sagte ihre Mutter mit sehr dringlicher Stimme. »Ich wollte mit euch eigentlich gemütlich Weihnachten feiern und mir hier nicht den Tod holen.« Wie um ihren Vorwurf zu bekräftigen, begann sie leise und vornehm zu husten.

»Ja, Mutter«, entgegnete Mo streng, während du, Anna, stocksteif auf der Treppe standest und zum ersten Mal zu mir herübersahst.

Ich muss gestehen, dass nun der Moment kam, wo mir aufging, dass du vielleicht bleiben und ich dein Babysitter sein müsste. Du warst so winzig und so voller Angst, dass ich mir nicht vorstellen konnte, dass wir überhaupt jemals etwas gemeinsam haben würden.

Langsam, ohne dass jemand auf dich achtete, machtest du den ersten Schritt auf der Treppe und fielst sofort die Stufen hinunter.

Gut, sagte ich mir, dann muss ich doch mal nach dir sehen, und trabte zu dir.

»Wir brauchen einen Schlüsseldienst«, sagte Herbert mit fester Stimme. »Haben solche Leute auch am Heiligabend Dienst?«

»Vielleicht sollten wir uns von Großmüllers Decken holen, bevor wir hier erfrieren«, meinte Micha.

»Großmüllers sind seit gestern in Skiurlaub«, antwortete Mo.

»Dann gehen wir eben zu Schwertfegers.«

»Die sind wahrscheinlich noch in der Kirche.«

»Mir ist kalt.«

»Wir bräuchten ein Telefon.«

»Und einen warmen Tee.«

»Und eine Toilette.«

»Können wir nicht zu den Schwertfegers gehen, bis Papa den Schlüsseldienst erreicht hat?«

»Zuerst brauchen wir ein Telefon, verdammt!«

Sie redeten nun alle durcheinander, während wir, Anna, uns abschnüffelten. Mir machte es nichts aus, draußen in der Kälte zu stehen, das heißt, eigentlich fand ich es viel besser, als in der überhitzten Wohnung zu hocken und den anderen beim Essen zuzusehen. Nur meine eingepackte Wurst hätte ich gerne bei mir gehabt.

Herbert wurde so wütend, dass er an der Haustür herumrüttelte, doch dann nahm Mos Mutter ihre schwarze Handtasche, die sie die ganze Zeit in der Armbeuge gehalten hatte, öffnete sie und reichte ihm ein schmales glänzendes Ding.

Während Herbert es einen Moment sprachlos anstarrte, als hätte er so etwas noch nie gesehen, sagte Mo: »Mutter, ich wusste gar nicht, dass du ein Handy hast?«

»Habe ich auch erst seit gestern. Ich hoffe, du kannst mir erklären, wie es funktioniert.«

Micha und Oskar waren wieder auf die Straße gesprungen und bewarfen sich, aus Langeweile und weil sie froren, mit Schneebällen, von denen dich auch einer am Kopf traf, Anna. Du jaultest erschrocken auf und machtest einen kleinen Sprung zur Seite, der dich auf der Schnauze landen ließ.

»Siehst du«, sagte ich zu dir. »So rau geht es hier zu. Man muss schon ein bisschen aufpassen.« Ich wollte dir nicht wirklich Angst machen, doch es konnte nichts schaden, dich vorzubereiten, falls du bleiben würdest, falls der Mann mit dem Umhang nicht zurückkehren würde.

Du warst viel zu schüchtern, um mir eine Antwort zu geben, aber vielleicht lenkte dich auch Herbert ab, der nun total laut in das winzige Telefon brüllte. Die Worte »Notfall«, »Schlüsseldienst«, »Erfrieren« hallten durch die Nacht.

»Und?«, fragte Mo, als Herbert nicht mehr brüllte, sondern das kleine glänzende Ding Mos Mutter zurückgegeben hatte.

»Kann eine Stunde dauern«, erwiderte er mit missmutiger und gleichzeitig irgendwie erschöpfter Stimme. »Der Mann vom Schlüsseldienst hat gerade Bescherung.«

»Gab es keinen anderen Schlüsseldienst, der sofort kommen konnte?«, fragte Mo. Nun war auch ihre Laune im Keller, und sie zitterte vor Kälte. »Mutter friert!«, fügte sie vorwurfsvoll hinzu. Normalerweise sprach sie nur zu mir mit so schneidender Stimme, wenn es im Park mal etwas länger gedauert hatte und sie auf mich hatte warten müssen.

Plötzlich begannen die drei Erwachsenen alle wieder aufgeregt durcheinanderzureden.

»Ja, ich friere. Ich friere sogar sehr.«

»Dann sollten wir doch probieren, ob Schwertfegers zu Hause sind.«

»Aber einer muss hier auf den Schlüsseldienst warten.«

»Wir könnten bei Dorfners klingeln, auch wenn sie Jasper nicht leiden können.«

»Dorfners sind Idioten, mit denen ich nichts zu tun haben will, nicht einmal, wenn ich erfriere.«

»Ich werde mir ein Taxi rufen und mich in ein gutes und vor allem beheiztes Hotel bringen lassen.«

»Mutter, das brauchst du doch nicht. Wir werden alles regeln.«

»Doch, das werde ich auf der Stelle tun. Ich hatte mir den Weihnachtsabend ganz anders vorgestellt, warm und harmonisch.«

»An allem ist nur dieser Hund schuld.«

»Der Hund kann nun wirklich nichts dafür, dass du keinen Schlüssel mitgenommen hast.«

»Und ich konnte nicht ahnen, dass da ein zweiter Hund vom Himmel fällt. War das deine Idee? Hast du dir auf diesem originellen Weg selbst einen zweiten Hund geschenkt, weil du genau wusstest, dass ich da niemals zustimmen würde?« Herbert wurde krebsrot im Gesicht und trat gleichzeitig auf der Stelle, weil ihm kalt war.

»Das ist ja wohl lächerlich!«, rief Mo entrüstet.

Die Erwachsenen wurden so laut und wütend, dass sogar Micha und Oskar aufhörten, sich mit Schneebällen zu bewerfen.

Uns ging das ja nichts an, Anna.

»Wollen wir ein bisschen in den Park gehen?«, fragte ich dich und kam mir im nächsten Moment dumm vor. Warum stellte ich so eine Frage? Man konnte es mit der Freundlichkeit auch übertreiben. Ich wandte mich ab und lief los. Die Gelegenheit für einen außerplanmäßigen Spaziergang auf eigene Faust war selten so günstig gewesen.

Dann vernahm ich zum ersten Mal deine Stimme. Überrascht hielt ich inne. Du warst noch jünger, als ich gedacht hatte, wohl kaum sechs Wochen alt, aber trotzdem klang deine Stimme intelligent, und du konntest dich schon überraschend gut ausdrücken, hattest wohl eine sehr gute Kinderstube gehabt.

»Es riecht komisch«, sagtest du mit deiner Kleinmädchenstimme.

Ja, das war der erste Satz, den ich jemals von dir gehört habe.

Ich wandte mich um. Kindchen, wollte ich schon gutmütig erwidern, in der Tat, es riecht, weil du auf Mos Pullover dein kleines Geschäft verrichtet hast. Pipi von winzigen Hunden hat einen ganz eigenen, ziemlich penetranten Geruch.

Auf einmal zögerte ich und hielt meine Nase in den Wind. Nein, da lag ein ganz anderer Geruch in der Luft. Anna, du hattest recht. Es roch nach Rauch, eindeutig, irgendwo brannte etwas.

Ich wäre nicht Jasper, der klügste Hund im Park, wenn ich nicht gleich auf eine Idee gekommen wäre. Ich jagte zur Treppe, auf die streitenden Erwachsenen zu. Eine kurze Geruchsprobe genügte. Ja, meine Vermutung war richtig. Der Rauch drang unter der Tür hindurch. Etwas im Haus hatte Feuer gefangen. Da war kein Zweifel möglich. Nur hatten die Menschen es mit ihren groben Nasen noch nicht mitgekriegt. Sie redeten noch immer durcheinander, was sie nun tun sollten.

Ich stürmte die Treppe hinunter und lief an Micha und Oskar vorbei zur Kellertreppe und dann zu dem schmalen

Durchgang, der in den Garten führte. Die Holztür war geschlossen, aber auch hier roch es nach Qualm.

Ich begann zu bellen, laut und so tief ich konnte. In dem schmalen Gang hallte es wider, so dass es richtig furchterregend klang.

Sofort wurde ich von Herbert zur Ordnung gerufen, doch ich ließ mich nicht beirren und bellte weiter. Meine Wurst war da drinnen. Ich wollte nicht, dass meine Wurst verbrannte, auf die ich mich das ganze Jahr gefreut hatte.

Mo eilte herbei und öffnete die Tür.

Nichts als Stille schlug uns entgegen. Der Garten lag im Mondlicht da, der Schnee glitzerte und ließ alles viel heller aussehen. Am liebsten hätte ich mich sofort auf den schneebedeckten Rasen gestürzt und mich gewälzt.

»Was soll denn der Unsinn?«, fragte Herbert, der nun auch herangekommen war. Seine Stimme klang vor Kälte ungewohnt zittrig. »Dreht Jasper nun endgültig durch?«

»Ich weiß nicht«, sagte Mo leise, während sie die Arme um ihren Oberkörper schlang. »Vielleicht hat er etwas gerochen.«

»Ich rufe mir jetzt ein Taxi«, rief vom Hauseingang Mos Mutter. »Keine Sekunde länger bleibe ich hier in der Kälte und hole mir eine Lungenentzündung.« Ich hörte, wie sie wieder übertrieben hustete und dann Micha laut aufforderte, ihr mit ihrem silbernen Wunderapparat ein Taxi zu rufen.

Für einen winzigen Moment war ich meiner Sache unsicher geworden, deshalb ging ich langsam, als würde ich eine Gefahr wittern, in den Garten. Hatte ich mich geirrt? Hatte ich gar keinen Qualm wahrgenommen, sondern vielleicht nur die übliche stickige Heizungsluft, die so widerwärtig sein konnte?

Nein, als ich auf die Terrasse abbog, spürte ich auch den ätzenden Geruch wieder und sah den hellen Lichtschein, der aus dem Wohnzimmer nach draußen drang.

Nach einem raschen Blick war ich erleichtert. Meine Wurst lag noch da, heil und unversehrt. In dem hellen Licht konnte ich sie gut sehen.

»Der Baum brennt!«, sagte Herbert, der neben mich getreten war. Diesen Satz kannte ich schon, an jedem Weihnachtsabend wurde er mindestens zehnmal wiederholt, doch nun klang er anders, irgendwie überrascht und erschreckt zugleich.

»Mein Gott, es brennt!«, rief Mo ungläubig, als hätte Herbert das nicht eben schon gesagt. Dann wandte sie sich panisch zu ihm um. »Die Decke unter dem Baum hat auch schon Feuer gefangen!«

Als ich ihre Aufregung spürte, begann ich wieder loszubellen.

Herbert lief aufgescheucht auf der Terrasse hin und her und schaute sich suchend um.

»Lauf zu deiner Mutter und ruf die Feuerwehr!«, rief er Mo zu, bevor er zu dem Blechschrank in der Ecke stürzte und einen langen Holzstab herausholte, vor dem ich mich immer fürchtete, wenn er damit herumfuchtelte.

Sein erster Schlag auf die Glastür hätte bald mich getroffen, so dass ich noch lauter und kräftiger bellte.

»Verschwinde, Jasper!«, brüllte er mir zu. Nun lag eindeutig Panik in seiner Stimme. Von Mo war nichts mehr zu sehen.

Ich beobachtete, wie der stachlige Baum immer mehr in den Flammen verschwand und selbst zu einer riesigen Flamme wurde.

Nach dem dritten oder vierten Schlag zerbrach die Glastür mit einem furchtbaren Krach. Glassplitter flogen umher, und es hörte sich an, als wäre ein heulender Wind aufgekommen.

Der Baum war nun ganz in sich zusammengefallen und stank nach Feuer und Asche. Auf einmal konnte ich meine Wurst nicht mehr erkennen. Auch die anderen Pakete waren verschwunden, dafür qualmte es nun fürchterlich. Heißer Rauch drang mir entgegen. Ich beobachtete, wie Herbert in das Haus sprang, etwas, das ich verrückt fand und selbst niemals getan hätte. Ich wich auf die Rasenfläche in den Schnee zurück, auch weil es immer heißer wurde, und dann kamen auch Mo, Micha und Oskar. Vor Entsetzen schrien sie laut auf. Im Innern sah man, wie Herbert mit dem Teppich hantierte, der sonst auf dem Boden lag, damit ich die Holzdielen nicht zerkratzte, und ihn auf den brennenden Baum warf. Mo hastete zum Blechschrank, um eine andere Decke zu holen. Und dann waren plötzlich schreckliche Sirenen in der Luft, und andere Leute, die seltsame Hüte trugen, kamen und brüllten durcheinander.

Mich aber interessierte das alles nicht mehr. Ich dachte an dich, Anna. Wo warst du in dem ganzen Durcheinander abgeblieben?

Ich begann dich zu suchen. Auf einmal hätte es mir leid getan, wenn du nun für immer verschwunden wärst. Hatte der Mann mit dem langen Umhang dich wieder mitgenommen?

Die Menschen, die mir entgegenkamen, versetzten mir Tritte und brüllten mich an, doch ich machte mir nichts daraus. Ich sah Mos Mutter, die mit offenem Mund in einer großen Höllenmaschine hockte und zum Haus starrte, als könnte sie ihren Augen nicht trauen. Immerhin schien ihr nicht mehr kalt zu sein. Aber wo warst du? Ich konnte dich nicht riechen, nirgendwo. Im Park entdeckte ich dich nicht, auch nicht an der Straße, wo noch mehr Höllenmaschinen standen, von denen lange Schläuche abgerollt wurden.

Als ich schon aufgeben wollte, fand ich dich in dem aufgeweichten Karton, in dem du angekommen warst. Der Karton lag wie achtlos weggeworfen unter der Treppe. Du hattest dich zusammengerollt, so dass dein Kopf gar nicht mehr zu sehen war, und schliefst selig, als wäre nichts geschehen. Es sah sehr friedlich aus. Daher legte ich mich zu dir und bewachte dich, bis ich auch einschlief, obwohl es auf der Straße noch immer ziemlich laut war.

Viel später, als die großen Höllenmaschinen wieder abgezogen waren, tauchte Mo auf.

»He!« Sie tippte mir sanft auf die Schulter, so dass ich aufwachte und die Augen aufschlug. Der Himmel war klar und voller Sterne. »Hier seid ihr ja!«, sagte sie und lächelte. Sie roch furchtbar, was ich in der klaren Luft sofort bemerkte, und hatte schwarze Hände, vor denen man sich fürchten konnte.

Ich rappelte mich mühsam auf, während Mo dich im Arm die Treppe hinauf ins Haus trug.

Das Haus roch vollkommen verändert, nach feuchter, klebriger Asche, aber das Wohnzimmer sah nicht so schlimm aus, wie ich dem Geruch nach erwartet hätte. Der Baum und der Teppich waren nicht mehr da, auch meine Wurst und die anderen Pakete waren verschwunden, und ein paar Holzdielen waren angekokelt. Außerdem war eine Wand vollkommen verrußt. Herbert war dabei, die kaputte Glastür mit einer Plastikplane zu verhängen. Ich hatte ein bisschen Angst davor, wie hektisch und ruckartig er sich bewegte, doch als er sich umdrehte und Mo sah, lächelte auch er.

»Ach, die Hunde sind wieder da«, sagte er, und es klang durchaus nicht böse.

Gemeinsam gingen wir alle in den Keller hinunter. Da saßen Micha, Oskar und Mos Mutter auf einem Sofa, das früher oben im Wohnzimmer gestanden hatte, und da lag auch meine Wurst neben den anderen Paketen auf einem kleinen Tisch, der sich in Kopfhöhe befand.

Die Menschen begannen sich an den Händen zu halten und zu singen. Sogar Herbert machte mit und hielt eine kleine Ansprache, bei der er meistens Mo und ihre Mutter anschaute. Noch nie hatte ich ihn so froh und erleichtert gesehen. Über dich, Anna, verlor niemand ein böses Wort, obwohl du doch an allem schuld gewesen warst, aber vielleicht wussten sie nun, dass dich der Mann mit dem Bart und dem langen Umhang gebracht hatte, gewissermaßen als ein besonderes Geschenk.

Nachdem sie ihre Pakete verteilt hatten, die immer noch nach Feuer rochen, wurde es Zeit für meine Wurst. Mir lief das Wasser im Mund zusammen. Hätte ich nicht zwischendurch etwas Schnee gefressen, wäre ich inzwischen ohnehin schon längst verdurstet.

Doch was war mit meiner Wurst passiert?

Als wäre es das Gewöhnlichste von der Welt, hatte Mo sie durchgeschnitten und hielt dir und mir freundlich lächelnd ein Stück hin.

Ich glaubte erst, meinen Augen nicht trauen zu dürfen, doch dann begriff ich: Es hieß also, dass du für immer bleiben würdest.

Schnell fraß ich meine Portion auf, bevor ich versuchte, dir deine abzuluchsen.

7.

»Und?«, fragte Anna. Sie stand ein paar Schritte entfernt an der Tür und hatte ein Bein merkwürdig angewinkelt. Wieder drang der Geruch von Blut zu mir herüber.

»Was und?«, erwiderte ich. Mittlerweile lag ich in ihrem Korb. Den letzten Teil der Geschichte hatte ich mit geschlossenen Augen erzählt, fast wie damals, als ich ein Welpe gewesen war und immer etwas vor mich hin gemurmelt hatte, wenn ich mich allein fühlte und Angst im Dunkeln hatte.

»Hast du es geschafft, mir die Wurst abzuluchsen?«

»Klar«, sagte ich. »Du warst so klein und hast noch gar nicht gewusst, was du mit einer großen Wurst anfangen sollst. Du hast sie nur mit deiner zarten Nase angestoßen, als müsstest du sehen, ob sie noch lebt, und bist dann zurückgezuckt. Außerdem hat es niemand gesehen, wie ich dein Stück gefressen habe, so schnell war ich.« Ich erhob mich und streckte meine Vorderbeine aus. Draußen hatte der Regen aufgehört. Nur ein leichter Wind wehte durch die Bäume.

»Und man hat nie herausbekommen, wer mich gebracht hat?«, fragte Anna.

Ich zuckte müde mit den Schultern. »Es gab keine Spuren. Nicht einmal ich konnte etwas finden.«

Wie schon so oft, wenn ich an diese besondere Nacht dachte, hatte ich den Mann mit dem Bart und dem Umhang vor Augen. Nie wieder hatte ich ihn in unserer Straße bemerkt. Dabei kamen jedes Jahr mit den stachligen Bäumen viele Männer mit Bärten und Umhängen. Dann ging mir ein anderer Gedanke durch meinen klugen Kopf.

»Was hast du eigentlich gedacht, als du mich das erste Mal gesehen hast?«, fragte ich. »Ich meine, soweit du dich erinnern kannst.«

Anna kniete sich mühsam hin, als wäre sie schon zwanzig Jahre alt. Sie senkte den Kopf und schaute mich dann an. Ihre Augen schimmerten noch immer ungesund gelblich, aber sie wirkte kein bisschen müde.

»Ich hielt dich für ziemlich dumm, grob und dick«, sagte sie. Ihre Stimme klang nun deutlich fester und nicht mehr so schwach.

Ich stieg aus dem Korb. Die Entrüstung ließ mich meine Müdigkeit für einen Moment abschütteln. »Dick?«, fragte ich ungläubig. »Wieso dick?«

»Na, weil du auch damals schon etliche Fettpölsterchen auf den Rippen hattest.« Anna richtete sich wieder auf und ging ein paar Schritte. Es sah aus, als wollte sie sich in den Korb legen, doch vor dem Napf mit Wasser machte sie voller Unruhe wieder kehrt.

Was ist mit dem Gift in ihrem Körper? dachte ich. Sie bewegte sich nun auf einmal ganz anders. Dann schritt ich die Treppe hinauf und versuchte, mein Spiegelbild im Fenster zu erkennen. Manchmal gelang mir so ein Kunststück, heute Nacht allerdings leider nicht. Nur das fahle Licht der

Straßenlaterne fiel herein. Es würde nicht mehr lange dauern, dann würde es wieder hell werden, und der Zeitungsmann würde vor der Tür stehen und darauf warten, dass ich leise knurrte.

»Du musst dich irren«, sagte ich. »Ich habe nie Fettpölsterchen gehabt.« Vielleicht verwechselte sie mich mit Rex, der in letzter Zeit ein wenig um die Hüften zugelegt hatte. Aber nein – mich mit Rex zu verwechseln wäre selbst einer blinden und halbtauben Hündin nicht passiert.

»Außerdem fand ich dich blöd und egoistisch. Als ich dich zum ersten Mal richtig wahrnahm, hat Micha dir einen kleinen Ball zugeworfen, und du bist immer hinterhergerannt, bis du nicht mehr konntest und hechelnd zu seinen Füßen gehockt hast. Richtig einfältig und devot.« Anna begann sich am Bauch zu schlecken, als hätte sie soeben etwas ganz Normales zu mir gesagt.

Richtig einfältig und devot? Das Ballspiel war mein Training mit Micha, wollte ich erwidern, damit ich fit blieb und weiterhin der schnellste Hund im Park war.

»Dann fandest du mich gar nicht großartig?«, fragte ich ein wenig zaghaft. In meiner Vorstellung musste ich Anna stets wie der größte und stärkste Hund erschienen sein.

»Nein, gar nicht.« Anna zeigte mir ihre makellosen Zähne, als müsste sie mich daran erinnern, dass mein Schneidezahn vor etlichen Jahren beim Zerbeißen eines Holzstückes abgebrochen war. Unruhig trippelte sie auf der Stelle und hockte sich vor die Tür, vorsichtig und ungelenk, wie sich nur Mädchen hinhocken können.

Ich kroch in den Korb zurück und schloss die Augen.

Ehrlich gesagt, war ich ein wenig beleidigt. »Was habe ich denn falsch gemacht?«, fragte ich in die Dunkelheit hinein.

»Du hättest dich ein wenig um mich kümmern können, aber du hast nur immer an dich gedacht – wann du in den Park kommst, wann du dein Fressen kriegst, wann du schlafen kannst. Und wenn wir allein waren, hast du immer nur von dir geredet, Lügen erzählt und angegeben.«

Ich hörte, wie Anna plötzlich hechelte. Die letzten Worte hatte sie keuchend hervorgepresst. Ihre Pfoten scharrten über die Fliesen. Kam sie näher? Ich wollte die Augen öffnen, aber irgendwie waren meine Lider viel zu schwer und gar nicht mehr dafür gemacht aufzuklappen.

Außerdem war Anna ungerecht. Ich neigte möglicherweise gelegentlich zu Übertreibungen, wenn ich Geschichten erzählte, aber deshalb waren es doch noch längst keine Lügen.

Geht es dir also besser?, wollte ich sagen. Habe ich es also mit meinen Geschichten geschafft, dass du dich nicht mehr schlecht fühlst?

Stattdessen murmelte ich nur etwas Unverständliches vor mich hin.

Eine Nacht ohne Schlaf war eine grausame Angelegenheit.

Zuletzt hörte ich noch, wie Anna meinen Namen rief, dringend und so, als wären die Übelkeit, die sie quälte, und all das Gift in ihrem Körper mit einem Schlag zurückgekehrt und würden sie umbringen, aber irgendwie hatte ich Blei in den Gliedern und konnte meine Augen nicht mehr öffnen.

Ich hatte Anna geliebt, wirklich geliebt, mein schöne weiße Anna, hatte sie nicht nur besprungen, wie ich die alte, dumme Nala und ein paar andere unbedeutende Ladys im Park besprungen hatte, aber wenn mich der Traum vom weißen Knochen überfiel, dann musste ich los, dann gab es kein Halten mehr. Überall suchte ich nach ihm, schnüffelte da und grub dort.

Wäre mein Leben nicht sinnlos gewesen, wenn ich diesen heiligen, sagenhaften Knochen nicht würde finden können? Der Knochen, der einem das Paradies auf Erden brachte? Kein Hunger mehr, ewige Freiheit!

Ja, das wäre es – sinnlos und umsonst gelebt. Ich hatte mein Leben der Suche nach dem weißen Knochen geweiht. Das war meine geheime Mission, daher konnte ich auf Anna und all die anderen keine Rücksicht nehmen.

Und nun lag der weiße Knochen vor mir. Zwischen Gerümpel hatte ich ihn am großen Wasser entdeckt. Weiß und wie poliert schimmerte er im Licht. Er war groß, so groß wie zwei Hunde, wenn sie sich voreinander hockten, und er war das vollkommenste Ding, das ich jemals gesehen hatte.

Tränen traten mir in die Augen. Ich musste an Anna denken und an Mo, die ich für die Suche nach dem weißen Knochen verlassen hatte. Ich war am Ziel. Nun konnte ich zurückkehren.

Doch als ich den Knochen mit den Zähnen packen wollte, flog er plötzlich auf, so als wäre er nichts weiter als ein riesiges Stück Papier, das der Wind in die Luft schleuderte. Ich hetzte dem Knochen nach, versuchte nach ihm zu springen, aber er trudelte immer höher hinaus und gewann an Fahrt. Dann hatte ich plötzlich das Gefühl, doppelt und dreifach zu sehen, als würde der Knochen sich im Wind vervielfältigen. Überall flogen plötzlich viele weiße Knochen wie unförmige Schmetterlinge umher.

Ich hetzte hierhin und dahin und geriet so außer Atem, dass mir übel wurde. Zwischendurch hörte ich, wie Anna meinen Namen rief, hektisch und so, als würde sie unverzüglich meine Hilfe benötigen, aber ich konnte nur ein »Gleich, ich komme gleich« keuchen, weil ich immer noch den Knochen nachstürzte.

Auch Mo und die Jungen meinte ich irgendwo zu sehen. Mit bestürzten Gesichtern schauten sie mich an. Sogar Herbert warf mir einen mitleidigen Blick zu, als würde ich etwas ganz und gar Verrücktes tun.

Nein, den Gedanken musste ich beiseiteschieben. Ich hatte meine Mission. Es war keineswegs verrückt, den heiligen weißen Knochen fangen zu wollen, auch wenn er nur wie fliegendes Zeitungspapier aussah und ich nicht mehr unterscheiden konnte, welcher von den vielen Knochen der echte war.

Irgendwann taten mir meine Pfoten weh, als wäre ich über Glas und Feuer gerannt. Ich hatte keine Ahnung, wohin ich geraten war. Nichts war mehr um mich, eine leere schwarze Straße, die mir Angst einjagte. Auch die vielen weißen Knochen waren verschwunden. Ich wusste nicht einmal, ob sie einfach davongesegelt waren oder sich wieder irgendwo in der Erde versteckt hatten.

Kurz kam mir sogar der Gedanke, als hätte der echte Knochen gar nicht existiert, sondern wären es nur Spiegelungen des Lichts vor meinen Augen gewesen.

Wieder hörte ich Annas Stimme, dann einen kleinen Schrei, der wahrscheinlich aus meinem eigenen Maul gekommen war und der mich trotzdem erschreckte.

8.

Ein grelles Licht fuhr mir so heftig in die Augen, dass ich sie schnell wieder schloss. Ich war noch immer schrecklich müde, und meine Pfoten taten mir weh, als wäre ich stundenlang am großen Wasser entlanggelaufen. Hatte ich den weißen Knochen tatsächlich gefunden und wieder verloren? Ja, ein schlimmer Alptraum hatte mich geplagt.

Dann fiel mir die letzte, lange Nacht mit Anna ein. War sie nicht krank gewesen? Hatte sie nicht an einer schlimmen Vergiftung gelitten? Oh, die Dinge in meinem Kopf waren ganz durcheinandergeraten.

Ich blinzelte und wandte den Kopf. Wo war Anna? War sie doch gestorben? Oder war Doktor Frischmuth aufgetaucht und hatte sie abgeholt? Sonderbar – ich lag in ihrem Korb, als wäre sie gar nicht da gewesen. Deshalb hatte ich auch so gut geschlafen.

Gerüche zogen durch das Haus. Kaffeeduft und ein anderer Geruch, den ich nur mit Schwierigkeiten einordnen konnte. So ähnlich hatte die kleine Anna in ihrem aufgeweichten Karton gerochen. Ich begann, mir Sorgen zu machen. Irgendetwas war hier ganz und gar nicht in Ordnung.

Ich gähnte laut und vernehmlich, dann spürte ich meine

prall gefüllte Blase. Es musste doch schon ziemlich spät sein. Am besten machte ich Mo klar, dass wir ohne Verzögerung in den Park gehen sollten, um ein größeres Malheur zu vermeiden. Danach könnten wir uns um Anna kümmern.

Plötzlich bemerkte ich, dass Stimmen aus dem Wohnzimmer herüberdrangen. Einen Moment später streckte Micha seinen Kopf zu mir durch die Tür. Nanu? Wie kam es, dass er schon aufgestanden war? In den letzten Tagen hatte er immer bis zu meiner Mittagsrunde geschlafen.

»Der alte Jasper ist wach!«, rief er laut und fröhlich.

Ich überhörte die Beleidigung und stieg aus dem Korb. Meine Blase war randvoll, so dass ich sehnsüchtig zur Tür blickte, aber darauf reagierte Micha gar nicht. Nun, ich hatte es auch nicht anders erwartet. Morgens ging immer nur Mo mit mir in den Park.

Ich jaulte kurz auf, um sie herzulocken. Tatsächlich stand auch sie einen Augenblick später in der Tür.

»Wir haben eine Überraschung für dich«, sagte sie und lächelte, wie sie es manchmal tat, wenn sie mich an der Nase herumführen wollte.

War doch etwas mit Anna? Aber so wie Mo es sagte, konnte es nichts Schlimmes sein. Ich war einigermaßen beruhigt und trottete ihr nach. Auch Herbert und Oskar waren bereits auf, und auch Jessy, das Mädchen von letzter Nacht, saß ein wenig verschlafen und unsicher am Tisch. Der Tisch war gedeckt. Käse und Fleisch roch ich, zwar kein echtes, sondern Tofu, aber es roch trotzdem lecker. Alle, sogar Jessy, schauten mich erwartungsvoll an, als würden sie irgendeine besondere Reaktion von mir erwarten, irgendein Kunststück, dabei konnte ich gar kein Kunststück, außer Pfote zu geben und mich bei dem Kommando »Tod« auf die Seite zu werfen.

Ich begann zu ahnen, dass irgendetwas gründlich an mir vorbeigelaufen war.

Dann erspähte ich Anna. Erleichterung erfasste mich. Sie hatte die Nacht also überlebt. Na, meine Geschichten hatten sie wieder gesund werden lassen.

Anna stand mitten im Zimmer, ein wenig steifbeinig, aber so, als wäre ihr Magen wieder in Ordnung. Einzig ihr Gesichtsausdruck war ungewöhnlich streng und abweisend. Sie wirkte plötzlich erwachsen, als wäre sie in der Nacht von einem Hundemädchen zu einer schönen Hündin geworden.

»Alles wieder in Ordnung?« Ich nickte ihr zu und taxierte sie. Noch immer umgab sie ein leichter Geruch von Blut, aber irgendwie konnte ich mich nicht richtig konzentrieren, weil meine volle Blase mich plagte. Dann fragte ich mich, wo sie wohl den Rest der Nacht verbracht hatte, da ich ja in ihrem Korb geschlafen hatte.

»Jasper«, sagte sie hart, »du bist ein infantiler Trottel.«

Ich schluckte und spürte, dass alle Blicke der Menschen noch immer auf mich gerichtet waren, als könnten sie die Hundesprache auf einmal verstehen. Wieso beleidigte Anna mich so? Was war das für eine seltsame Nacht gewesen?

Dann drehte Anna sich abrupt um und trottete noch ein wenig wacklig und schwankend in die Ecke, wo im Winter immer der stachlige Baum aufgestellt wurde.

Ich blickte ihr nach und erstarrte. Sogar meine volle Blase hörte für ein paar Momente auf zu zwicken. Ich fühlte mich beinahe wie damals, als mir Doktor Frischmuth eine lange

Nadel in den Hintern gestochen hatte und erst mein Rücken und schließlich auch der Rest von mir eingeschlafen waren. Dann begannen Mo und die anderen zu lachen und riefen meinen Namen.

Ich begriff endlich. Oh, ich war so dumm gewesen! Annas Übelkeit, ihre Unruhe, die komischen Gerüche und Geräusche im Haus.

Auf einer Decke lagen drei kleine Fellbündel. Zwei waren hellbraun wie Anna, das dritte war schwarz und hatte an den Pfoten kleine weiße Flecken. Außerdem hatte es so viel Fell, dass man kaum erkennen konnte, wo seine Schnauze saß und wo sich sein Schwanz befand.

Der Kleine gleicht seinem Vater, dachte ich, also mir.

Der Gedanke machte mir Angst, und gleichzeitig erfüllte er mich mit Freude und Stolz.

Langsam ging ich hinüber, und mit jedem Schritt wuchsen Neugier und Scham, Gefühle, die ich sonst eigentlich nicht kannte.

Oh, beim heiligen weißen Knochen! Ich hatte die Geburt unserer Jungen verpennt. Während ich tief und fest geschlafen hatte, hatte Anna allein und unter Schmerzen unseren Nachwuchs zur Welt gebracht; nur darum war ihr so schlecht gewesen, aber ich hatte nichts bemerkt. Vielleicht war an den Vorwürfen doch etwas dran, dass ich mich zu viel um mich selbst kümmerte.

»Mistkerl«, flüsterte sie mir zu, als ich mich den Kleinen näherte.

»Herzlichen Glückwunsch!«, rief Mo im Hintergrund und klatschte. »Du alte Schlafmütze bist Vater geworden, ohne es mitzukriegen, aber solche Ignoranten sind die Männer nun einmal.«

»Ich war bei Michas Geburt dabei und habe dir beim Atmen geholfen«, erklärte Herbert mit fester Stimme, als müsse er mich verteidigen, was noch niemals vorgekommen war, wie ich dankbar registrierte.

»Ja, aber bei Oskars Geburt bist du ohnmächtig geworden!«, entgegnete Mo angriffslustig. »Drei Stunden hast du danach am Tropf gelegen.«

Ich schob meine Nase noch näher heran. Die drei Kleinen rochen wunderbar. Zwei kleine Annas und ein Jasper. Die beiden Annas krochen auf der Decke herum und versuchten wacklig auf die Beine zu kommen, während der kleine Jasper die Augen noch geschlossen hatte. Nur seine Nasenspitze bewegte sich, als hätte er irgendetwas Interessantes erschnuppert. Er glich mir, schien sich um nichts auf der Welt zu kümmern.

Als ich ihm übers Gesicht schlecken wollte, schob Anna mich beiseite. »Jetzt nicht!«, raunte sie mir zu, ganz stolze und starke Mutter. Die beiden Mädchen robbten sich sofort an sie heran und begannen, an ihren Zitzen zu saugen, und als der kleine Jasper die schmatzenden Geräusche mitbekam, machte er die Augen auf und kroch zu seiner Mutter, um gleichfalls Milch zu trinken.

Ich war so stolz, dass ich beinahe nicht mitbekam, dass meine Blase fast platzte, doch dann rannte ich schnell zur Tür und warf Mo einen flehentlichen Blick zu, den sie zum Glück verstand.

Als frischer Vater lief ich anders durch den Park, irgendwie reifer und älter. Ich würde nun Verantwortung haben. Auf keinen Fall würde ich mich davonstehlen, wie mein Vater, der alte Herumtreiber, es gemacht hatte. Nein, ich würde auf unsere Kleinen aufpassen, jedenfalls, solange Mo sie bei uns ließ.

Aber eine Frage blieb: Warum hatte Anna mir nichts gesagt? Ein einziges Wort von ihr, und ich wäre doch in der Nacht nicht mehr von ihrer Seite gewichen.

Ich hätte beinahe meinen vollen Napf stehengelassen, um eine Antwort auf diese Frage zu erhalten, doch Anna ließ mich links liegen, als ich mit Mo aus dem Park zurückkehrte. Nun, wo die Kleinen da waren und an ihr zogen und zerrten, war ich total abgemeldet.

Die ganze Familie hatte sich verändert. Jessy schien plötzlich dazuzugehören, und selbst Herbert guckte nach den Kleinen, wie sie jaulend und fiepend unter den Tisch krochen. Als der kleine Jasper mitten in der Küche sein Geschäft verrichtete, fand er beinahe lobende Worte und tat, als hätte der Winzling etwas wirklich Großartiges geleistet.

Ich begann mich zunehmend überflüssig zu fühlen, und sobald ich versuchte, meinen Jungen auch einmal nahe zu kommen, zerrte Mo mich weg, als hätte sie Angst, ich könnte die drei Kleinen mit einem Biss verschlingen.

He, wollte ich protestierend rufen, habe ich denn als Vater gar keine Rechte?

Erst als es dunkel geworden war und die Welpen sie in Ruhe ließen, konnte ich mit Anna reden. Sie sah erschöpft, aber sehr zufrieden aus.

»Warum hast du denn nichts gesagt?«, fragte ich und bemühte mich, jeden vorwurfsvollen Unterton aus meiner Stimme zu verbannen, was mir allerdings nicht ganz gelang.

»Gesagt? Was hätte ich denn sagen sollen?« Anna schloss die Augen, so sanft und gleichmütig, dass es mich schon wütend machte.

»Ja«, sagte ich. »Ein klitzekleiner Hinweis hätte schon geholfen.«

»Nein, geholfen hätte es, wenn du allein etwas gemerkt hättest.« Ihre Augen sprangen wieder auf und funkelten mich an. Der kleine Jasper lag neben seinen Geschwistern im Korb und fiepte im Schlaf, als wollte er ihr recht geben.

Ich fühlte mich zu unrecht angegriffen. »Haben dir denn wenigstens meine Geschichten gefallen?«, fragte ich. »Immerhin habe ich die ganze Nacht erzählt.«

»Die halbe Nacht, dann bist du in meinem Korb eingeschlafen«, korrigierte sie mich streng. »Aber immerhin hast du zur Abwechslung mal die Wahrheit gesagt.«

»Die Wahrheit!« Ich baute mich breitbeinig vor ihr auf. »Was soll das denn heißen?«

Anna warf einen zarten Blick auf unsere Jungen, die sich eng aneinandergekuschelt hatten. »Leise!«, flüsterte sie dann und fuhr mit gesenkter Stimme fort: »Nun, nur weil du gedacht hast, dass ich vielleicht sterben könnte, hast du endlich wirklich von dir gesprochen.«

Ein ungeheuerlicher Verdacht keimte in mir auf.

»Dann war das alles geplant? Du wolltest mich aushorchen, mich zum Reden bringen?« So viel Raffinesse hätte ich ihr niemals zugetraut!

»Nein«, sagte Anna und lächelte. »Ich wollte endlich wissen, wer du wirklich bist. Im Park bist du immer der Angeber und Schwätzer, der irgendwelche Lügen erzählt, von Kaninchenjagd und alten Knochen spricht und ...«

Klein Jasper fiepte wieder, so dass Anna abrupt verstummte. Mir war es recht. Ich wollte davon auch nichts mehr hören – nichts von ihrem Betrug, ihrem hinterhältigen Plan, mich ausgerechnet in der Nacht auszuhorchen, wo unsere Kinder auf die Welt kamen ...

Aber vielleicht, musste ich im Stillen bedenken, hatte sie ja nicht ganz unrecht. Ich hatte ihr häufig Geschichten erzählt, die nicht wirklich gestimmt hatten.

Anna kam ein wenig näher und strich mit ihrer Schnauze über mein Ohr.

»Findest du nicht, dass wir wunderschöne Jungen haben?«, fragte sie leise.

»Ja«, sagte ich. Sie roch so gut, dass ich ihr nicht lange böse sein konnte.

Als ich mich ihr zuwandte, erblickte ich mich selbst in ihren Augen. Das war noch nie vorgekommen. Da stand ein kleiner, ein wenig dicklicher Hund mit struppigem schwarzem Fell und sah sehr zufrieden aus.

»Leg dich zu mir!«, sagte Anna. »Ich bin müde. Ich habe in der letzten Nacht nicht gut geschlafen.«

»Ja«, sagte ich und schmiegte mich an sie. »Ich habe auch kaum ein Auge zugemacht.«

Kurz bevor ich neben Anna einschlief, hörte ich noch Klein Jasper leise vor sich hin kichern, als wäre er mitten in einem wunderschönen Traum.

Wenn Ihnen dieses Buch gefallen hat,
gefällt Ihnen vielleicht auch

Andrea Schacht

Die Katze mit den goldenen Augen

1. Kapitel
Unliebsame Aufträge und ein unerwünschter Besuch

Helge knurrte ins Telefon: »Nein, nicht Frau Helga, sondern Herr Helge Palmer!«

Er war nicht gut auf seine Eltern zu sprechen, die ihm einen Vornamen verpaßt hatten, der ihn beständig dem schwachen Geschlecht zuordnete.

Er war auch nicht gut auf die Verlagssekretärin zu sprechen, die nicht einmal wußte, daß sich hinter dem klangvollen Pseudonym Emilia Castagnoli ein gestandener Autor verbarg, der seit Jahren seine Brötchen mit so faszinierenden Ratgebern wie »Ökologischer Brunnenbau im Ziergarten« oder »Saure Gurken selbstgemacht« verdiente.

Noch weniger gut war er kurz darauf auf die Verlagsleitung zu sprechen, die ihm mitteilte, daß man das Ratgeber-Programm leider aufgeben müsse und somit keine weiteren Aufträge für ihn habe.

Und überhaupt nicht mehr gut zu sprechen war er anschließend auf seine Agentin, die ihm als Trostpflaster für den Totalausfall seiner zukünftigen Einnahmen einen kleinen Vertrag über einen Kurzgeschichtenband aufs Auge drückte.

Über Katzen auch noch, mein Gott!

Er, der sich seit Jahren mit dem Gedanken trug, den Bahnbrechenden Deutschen Gegenwartsroman zu schreiben, von dem auf zahllosen Notizzetteln bereits Szene um Szene dramatischer Verwicklungen darauf warteten, in eine komplexe literarische Form gegossen zu werden, die geradezu nach dem Nobelpreis schrie – er also sollte herzige, kleine Katzengeschichten schreiben.

Mann, also wirklich!

Katzen waren fauchende, kratzende Tiere, die tote Mäuse ins Haus schleppten. Katzen hatten Krallen, die zusammen mit ihrem bösartigen Charakter dazu führten, daß Gardinen, Teppiche, Polstermöbel und Tapeten ruiniert wurden.

Zugegeben, seine Erfahrungen mit dieser Gattung stammten bisher lediglich aus zweiter und dritter Hand, sein Eigen hatte er noch nie ein Haustier genannt.

Wozu auch? Machten ja doch nur Dreck und Ärger!

Mißmutig schaltete Helge seinen PC ein, und ein unschuldiges Dokument erschien auf dem Bildschirm, sehr weiß und sehr leer.

Katzengeschichten tippte er ein, damit wenigstens etwas da stand. Dann versank er in trübsinniges Grübeln. Produktiv war es nicht, weshalb er nach einer halben Stunde aufgab und in die Küche trottete, um aus den mageren Beständen seines Kühlschranks ein Thunfischbrot zu kreieren. Er brachte es an seinen Schreibtisch und schlappte noch einmal in den Keller, weil er hoffte, die Muse mit einem kühlen Glas Bier locken zu können.

Die Wohnung, die der angehende Literaturnobelpreisträger bewohnte, lag in einem alten Villenviertel, dessen prachtvolle Häuser nun in kleine und kleinste Apartments umgebaut worden waren. Zwei Zimmer reichten für ihn, hatte Helge vor einigen Jahren beschlossen, und ausgerechnet, daß er sich eine dieser kleinen Wohnungen leisten konnte. Er liebte sie sehr, denn an die Rückseite des Hauses schloß sich ein alter, fast parkartiger Garten an. Wenn er am Schreibtisch seines Arbeitszimmers saß, blickte er ins Grüne, was er als äußerst entspannend empfand.

An diesem schönen Frühsommertag hatte er die beiden Fensterflügel weit geöffnet.

Diese großzügige Einladung hatte ein ungebetener Gast genutzt, wie er feststellen mußte, als er mit dem beschlagenen Glas zurückkehrte. Eine Katze, irgendwie grau und schwarz, mager, struppig und mit giftig grünen Augen, wischte sich soeben die letzten Thunfischspuren von den Barthaaren. Das Brot war sauber abgeleckt, selbst die Mayonnaise fehlte.

»Mistvieh!« fauchte Helge.

Das Vieh nahm indessen nur die Pfote hoch, um sie gründlich zu putzen. Sehr beeindruckt schien es nicht zu sein.

»Mach, daß du hier raus kommst, die verflohter Pelzbeutel!«

Zu mehr als verbalen Attacken wollte Helge sich nicht hinreißen lassen. Handgreiflichkeiten, so fürchtete er, würden lange, blutige Kratzer nach sich ziehen. Gegen Worte, wenn auch noch so derb und laut geäußert, stellte sich der Besucher jedoch taub. Er ließ sich statt dessen auf den Papieren im Ablagekorb nieder, schlang den dunklen Schwanz um sich und begann, denselben unter leisen Schnurrlauten mit der Zunge zu bürsten.

Wasser, fiel Helge ein. Katzen mögen kein Wasser! Doch als er die Blumenspritzflasche zur Hand nahm, fiel ihm ein, daß in der Ablage ja die Notizen zu den ersten Kapiteln seines Bahnbrechenden Deutschen Gegenwartsromans lagen. Er nahm von dem Einsatz der Waffe Abstand und trank dafür einen Schluck Bier. Dann schüttelte er resigniert den Kopf, trug das abgeleckte Brot zurück in die Küche und machte sich ein neues, das er sicherheitshalber gleich vor Ort verzehrte.

Zurück im Arbeitszimmer bemerkte er, daß sein Gast nun in einen gemütlichen Schlummer versunken war. Eine weiße Pfote hing über den Rand des Ablagekorbs, auf der anderen ruhte das helle Schnäuzchen, die Schnurrhaare rechts und links davon bebten leise bei jedem tiefen, entspannten Atemzug.

Eigenartigerweise konnte Helge sich von dem Anblick geruhsamen Friedens nicht losreißen, und so setzte er sich auf seinen Schreibtischsessel und starrte das Tier an.

Der Kater (es war einer, was Helge aber bisher noch nicht wußte) öffnete plötzlich seine Augen und starrte zurück.

Es wirkte hypnotisch, und wie von selbst wanderten Helges Finger zur Tastatur seines PCs. Unschlüssig schwebten sie einen Moment über den Buchstaben, dann plötzlich erschienen auf dem Bildschirm die ersten Worte.

Die Katze mit dem goldenen Schnurrhaar

Es war einmal in alten Tagen, da lebten in einem Land weit von hier noch die letzten Stämme des Kleinen Volkes. Sie siedelten in stillen Wäldern in den Wurzelhöhlen knorriger

Bäume, unter den grünen Farndächern klarer Quellen oder in verlassenen Gräbern der Altvorderen, den Dolmen. Sie sorgten für Wachstum und Fruchtbarkeit – meistens wenigstens – und kümmerten sich um die wilden Tiere. Um die Menschen kümmerten sie sich auch. Allerdings neigten sie dazu, ihnen gelegentlich einen Schabernack zu spielen, weshalb die Großen sie mit gebührendem Respekt behandelten. Es gehörte zum guten Ton, ihnen abends kleine Elfenbrote (beliebt waren dabei die süßen Varianten) und ein Schälchen Milch vor das Fenster zu stellen.

Doch nichts bleibt, wie es ist, und mit den Jahren kamen strenge Männer in das Land, die den Einwohnern eine neue Glaubenslehre verkündeten und ihnen verboten, die Angehörigen des Kleinen Volkes zu sehen. Warum auch immer, die Menschen gehorchten, und wenn ihnen nun eines der zierlichen Wesen begegneten, schauten sie beflissen weg, damit die strengen Männer sie nicht des Aberglaubens bezichtigen konnten.

Damit war natürlich auch Schluß mit Elfenbrot und Milchschälchen.

Eine Weile hielten die Schönen es noch aus, aber dann fingen einige Leute an, über ihren Wohnorten, den Quellen, neue Heiligtümer zu errichten, die Wälder abzuholzen und die Dolmen umzustürzen. Auf einer Lichtung unter dem purpurfarbenen Fingerhut versammelten sich die Stämme zum Großen Rat, und nach reiflicher Überlegung beschloß man auszuwandern. Es gab da Möglichkeiten, die allerdings nicht jedem freistanden, und selbst den Auserwählten öffneten sich nur einmal im Jahr die Tore in die Anderwelt.

Zur Mittsommernacht war es soweit: Mit geschnürten Bündeln wanderten aus allen Richtungen die Kleinen zum Treffpunkt. Er befand sich unter den sechs Steinen, die von einer weiteren, bemoosten Platte bedeckt waren und wie ein wuchtiger Tisch wirkte. Der Dolmen an der Wilden Küste barg den Eingang, der sich auftun würden, wenn die Sonne am Horizont das Meer berührte. In dieser Nacht verschwand eine Elfe nach der anderen aus der Welt.

Alle – bis auf Aelva.

Sie hatte aus einem ganz banalen Grund den Exodus verpaßt. Sie mußte sich nämlich um vier verwaiste kleine Eichhörnchen kümmern, deren Eltern einem Jäger zum Opfer gefallen waren. Aelva tröstete sie, brachte ihnen Körner, lehrte sie klettern und vor dem Fuchs fliehen, zeigte ihnen Baumhöhlen und verlassene Nester, in denen sie wohnen konnten. Außerdem gefiel es ihr, mit den jungen, übermütigen Hörnchen zu spielen, und darüber vergaß sie schlichtweg die Zeit. Müde kuschelte Aelva sich bei Sonnenuntergang zwischen die buschigen roten Schwänze, und als sie am nächsten Morgen erwachte, hatte ihre Sippe die Gegend verlassen.

Da mußten die jungen Eichhörnchen sie trösten.

»Nun muß ich ein ganzes Jahr alleine auf dieser Welt bleiben, ohne Freunde, ohne Verwandten, ohne nächtlichen Ringelreihen unter dem Vollmond. Und die Menschen gucken mich auch nicht mehr an«, schniefte sie erbarmungswürdig.

»Wir sind doch auch noch da, Aelva. Komm, laß uns Häschen spielen«, schlug eines der Eichhörnchen vor, aber Aelva hatte keine Lust dazu. Die Kleinen konnten nicht erfassen, was es bedeutete, ohne den Schutz der Sippe zu leben. Nichtsdestotrotz nahm sie ihre Aufgabe ernst, und als der Herbst kam, half sie ihnen Nüsse zu ernten und riet ihnen, Vorräte für den Winter anzulegen. Fröhlich war Aelva jedoch nicht mehr. Oft hing sie in einem verlassenen Amselnest herum, ihre eichenblattförmigen Flügel wärmend um sich gewickelt, und bemitleidete sich selbst. Dabei wurde sie unvorsichtig, und so geschah es, daß an einem kühlen Novembertag ein jagender Falke ihrer ansichtig wurde und sich auf sie stürzte. In früheren Zeiten hätten Elfenschützen ihn mit Leichtigkeit mit ihren Pfeilen verjagt, doch nun war Aelva hilflos seinem Angriff ausgeliefert. Zwar konnte auch sie fliegen, allerdings nur kleine Strecken. Einen Versuch wagte sie auch, aber kaum hatte sie das Nest verlassen, gruben sich schon die scharfen Krallen des Raubvogels in ihren Rücken. Mit einem heiseren Schrei verkündete der Falke, daß er Beute gemacht hatte. Hoch schwang er sich auf in den blauen Himmel, um die kleine Last zu seinem luftigen Heim zu tragen. Aelvas Kreischen und Schimpfen belustigten ihn mehr, als daß es ihn beleidigte.

»Wollte schon immer mal einen von euch verspeisen«, höhnte er. »Hat dich wohl sitzenlassen, deine Sippschaft.«

Er fühlte sich so siegesgewiß, daß er nicht auf die Gefahr achtete, die ihm von oben drohte, denn ein weit größerer Vogel stürzte auf ihn zu, um ihm die Beute abzujagen. Vor Schreck öffnete er die Krallen und ließ die Elfe fallen.

Aelva stürzte ab. Zwar flatterte sie verzweifelt, um den Sturz zu bremsen, doch ihr rechter Flügel war zerrissen und der linke angeknackst. Sie schlug neben einem großen

Gemäuer auf dem Boden auf und blieb benommen liegen. Das aber war noch nicht das Ende ihrer Torturen. Ein Bauer mit derben Stiefeln stapfte, vom Acker kommend, zu seinem Heim. Früher hätte er selbstverständlich die Angehörige des Kleinen Volkes entdeckt, hätte sie sanft aufgehoben und ihr so gut es ging geholfen. Inzwischen jedoch war er blind für sie geworden und meinte, nur zwei welke Eichenblätter am Boden liegen zu sehen, auf die er achtlos trat.

Ronan bürstete sich mit Stolz das glänzende Fell. Er war ein Kater von Format, muskulös, gut genährt und wunderbar unauffällig grauschwarz getigert. Nur seine Augen leuchteten in klarem Grün. Sie waren genauso scharf wie seine Krallen und Zähne. Auch darauf war er stolz, denn er war von Beruf und Berufung Mausejäger. Sein Revier war ein einsam gelegener Bauernhof, in dessen Scheunen und Ställen er seiner Aufgabe gewissenhaft nachging. Aber nicht nur dort! Auch die umgebenden Wiesen und Weiden lockten ihn oft. Die Feldmäuse hatten nämlich einen wilderen, würzigeren Geschmack als jene, die sich von den Vorräten der Menschen ernährten.

Von den Zweibeinern an sich hielt er nicht besonders viel, doch da sie ihn ungehindert mausen ließen, tolerierte er sie. Das Mädchen, das die Kühe melkte, fand er sogar ganz nützlich, denn sie stellte neben die vollen Eimer oft eine flache Schale mit Milch, die er, wenn sie fort war, mit Genuß leerte. Sich mit ihr deshalb anzufreunden – auf diese Idee war er aber nun wirklich nicht gekommen.

Ungesellig war Ronan trotzdem nicht. Gerne traf er sich in

Vollmondnächten mit seiner Bruderschaft, um vollmundige Lieder zu singen. Im Frühjahr suchte er sich auch immer ein anmutiges Katzenmädchen, mit dem er einige laue Abende vertändeln konnte. Daß er dabei möglichen Rivalen die Kralle zeigen mußte, fand er ebenfalls ganz amüsant – bisher war er noch immer Sieger geblieben. Gute Kontakte pflegte er auch zu dem Kleinen Volk. Die Elfen wußten vielerlei Dinge und konnten bezaubernde Geschichten erzählen. Von den heimlichen Toren zur Anderwelt sangen sie und von den Goldenen Steppen, auf denen sich die Seelen der Katzen versammelten, wenn sie die Pforten durchschritten. Ronan lauschte ihnen andächtig. Gelegentlich aber benötigte er auch ihre Dienste. Sie waren in der Heilkunst erfahren, und den einen oder anderen Kratzer hatten sie kundig behandelt. Dafür ließ er sie oftmals auf seinem Rücken reiten, und vor allem spendete er ihnen im Frühjahr seine feine Winterwolle, damit sie daraus ihre hauchzarten Stoffe weben konnten. Da Ronan die seltsame Glaubenslehre der strengen Männer an seinem grauschwarzen Hintern vorbeiging, war er natürlich auch den Elfen gegenüber nicht blind geworden.

An diesem kalten Novemberabend also, an dem der feuchte Nebel die Küste emporkroch, schlenderte Ronan über den Karrenweg zu den Stallungen, um dort die Nacht zu verbringen. Die Kälte zog in sein schwarzes Fell, und er fand es an der Zeit, die Unterhaare wachsen zu lassen. Das tat man am besten in einem wohligen Schlummer. Doch hielt er plötzlich auf seinem Weg inne. Natürlich wußte er, daß das Kleine Volk die Welt im Sommer verlassen hatte, und bedauerte es zutiefst. Um so mehr war er überrascht, ein reichlich zerknittertes Exemplar mitten auf dem Weg vorzufinden. Sehr vorsichtig schnüffelte er daran. Ja, es war noch ein Häuchlein Leben in dem Geschöpf. Sehr vorsichtig nahm er es am Nacken zwischen die Zähne, so wie seine Mutter es mit ihm, als er noch ganz klein war, auch getan hatte, und trug das schlaffe Häppchen Elfe auf den Heuboden des nahe gelegenen Kuhstalls. Hier hatte er eine weiche Kuhle in das trockene Gras getretelt*, in der er gerne seinen Gedanken nachhing. Diese Kuhle schien ihm gerade recht für seinen kleinen Findling. Sanft legte er ihn ab und betrachtete, was da vor ihm lag. Es schien ein Elfenmädchen zu sein, ihr Gesicht war jung, was allerdings bei dieser Gattung täuschen konnte, Kinn und Ohren waren spitz, die Haare stark verwuschelt, aber lockig und so lang, daß sie ihr bis zur Hüfte reichten. Gekleidet war die Elfe in ein gegürtetes, knielanges Hemd von rotbrauner Farbe, was auf eine innige Beziehung zu Eichhörnchen schließen ließ, und ihre Füße steckten in Stiefeln aus Maulwurfsleder. Die blattdünnen Flügel aber waren eingerissen, verschmutzt und einer mit Sicherheit gebrochen. Mitleid regte sich in Ronan. Ganz vorsichtig begann er, mit seiner rauhen Zunge die zerknitterten Flügel zu glätten.

»Aua, aua, aua«, jammerte es leise, worauf der Kater sofort von seiner Tätigkeit abließ.

»Was tut dir weh?« brummelte er, und zwei brombeerdunkle Augen wanderten ein wenig ziellos umher, bis ihr Blick klarer wurde.

»Wo ...? Was ...?«

»Im Heu vom Kuhstall der Keranna. Ich bin Ronan,

Mausefänger. Was passiert ist, weiß ich nicht, du lagst wie abgestürzt auf dem Weg.«

»Aelva«, stellte die Elfe sich vor und hob dann die Hand an ihren schmerzenden Kopf. »Falke. Ja, abgestürzt. Und dann getreten. Man sieht mich ja nicht mehr.« Erschöpft schloß sie wieder die Augen und murmelte: »Alles tut weh.«

»Ach je. Und alle eure Heiler sind ausgewandert. Was mach ich nur?«

Eine Antwort bekam er nicht mehr. Das einzige, was ihm einfiel, war, sich so um Aelva herumzulegen, daß er sie mit seinem weichen Bauchfell wärmen konnte, und lange und anhaltend zu schnurren. Es schien dem Elfchen zu bekommen, ihr Atem wurde ruhiger, und sie fiel in einen tiefen Schlaf.

Einige Tage lang setzte Ronan diese Behandlung fort und verließ Aelva immer nur für kurze Zeit, um ein paar fette Mäuse für sich zu fangen. Seinen eigenen Hunger bekam er damit gestillt, aber Aelva, die, seit er sie gefunden hatte, nichts mehr zu sich genommen hatte, magerte vor seinen Augen immer mehr ab. Der Schlaf tat ihr zwar gut, doch wenn er sie nicht bald weckte, damit sie etwas aß, würde sie ihm glattweg verhungern und verdursten.

Was aber konnte er ihr schon anbieten? Mausefilet? Gewiß nicht. Elfen aßen kein Fleisch. Getreidekörner vielleicht? Er stromerte in die Scheune, in der das Korn gelagert wurde, und brachte einen Weizenhalm mit. Dann bürstete er Aelva so lange die wirren Locken, bis sie die Augen aufschlug.

»O Ronan.«

Er war froh, daß sie ihn erkannte.

»Du mußt etwas essen.«

»Hab keinen Hunger.«

»Hab dir extra Körner mitgebracht.«

Mühsam rappelte die Elfe sich auf und betrachtet die Weizenähre.

»Muß gemahlen und zu Brot gebacken werden.«

»Ach ja?« Verständnislos betrachtete der Kater die Ähre.

»Früher gab es Elfenbrot und Milch von den Menschen. Ich glaube, das würde helfen, aber sie kennen uns ja nicht mehr«, seufzte Aelva und sank wieder auf ihr Lager. Sie wirkte sehr, sehr schwach.

Ronan, drei Jahre alt, kannte diesen Brauch nicht, denn schon lange vor seiner Geburt hatten die Menschen aufgehört, abendlich die Gaben an das Kleine Volk auf den Fenstersims zu stellen. Eines jedoch wußte er – wo Milch zu bekommen war. Nämlich gleich unter ihm.

Maela freute sich darauf, die drei Milchkühe ihres Vaters zu melken. Andere Tätigkeiten liebte sie weit weniger, etwa Holz hacken oder Hühner rupfen. Mäßig gerne spann und webte sie, aber Sticken gefiel ihr, und darum hatte selbst ihre einfache Schürze eine hübsche Borte erhalten. Sie hörte auch gerne den Geschichten ihrer Großmutter zu, obwohl sie ganz genau wußte, daß der Priester die Alte mehrfach gemahnt hatte, derart heidnisches Zeug nicht in die Ohren der unschuldigen Enkelin zu träufeln.

An diesem Abend saß sie wieder auf dem Melkschemel, den Kopf an die warme Flanke der gutmütigen Kuh gelehnt, und ließ die Milch in den Eimer fließen. Dabei sang sie ein

Lied mit ihrer weichen Stimme und schielte nach dem dunklen Schatten, der sich vorsichtig der Schüssel näherte, in der sie einen kleinen Teil der Milch abgefüllt hatte. Sie kannte den grauschwarzen Kater, auch wenn sie ihn bislang nur von weitem beobachtet hatte. Es war das erste Mal, daß er sich näher heran traute. Maela wußte auch ganz genau, daß er es war, der die Schale immer bis auf das blaurote Blumenmuster am Grund leer leckte. Sie lächelte in sich hinein, als er sich nun behutsam und scheu an die Milch anschlich. In seinen leuchtend grünen Augen stand vorsichtiges Mißtrauen. Er blieb an der Schüssel stehen und sah beinahe so aus, als ob er intensiv nachdenken würde.

»Du darfst sie auslecken, Kater, die Milch ist für dich«, murmelte Maela leise.

Er zuckte zusammen, machte einen Schritt zurück und wirkte fluchtbereit.

Das Mädchen blieb ganz still sitzen und summte nur weiter ihr Lied. Der Kater wagte einen zögernden Schritt nach vorne und steckte die Schnauze in die Milch. Dummerweise mußte Maela in diesem Augenblick niesen, er erschrak und verschwand mit einem kühnen Sprung auf dem Heuboden.

»Och, das tut mir aber leid. Ich wollte dich nicht verscheuchen, Kater.« Maela gab der Kuh einen Klaps auf die Flanke und schleppte den Melkeimer nach draußen.

Ronan war ein Kater mit einem mutigen Herzen. Man mußte es ihm jedoch hoch anrechnen, daß er sich überhaupt im Beisein eines Menschen an die Milchschüssel getraut hatte. Dabei hatte er mit einer weiteren Schwierigkeit zu kämpfen. Denn er wußte einfach nicht, wie er die Flüssigkeit zu Aelva bringen sollte. Nun saß er vor ihr, in seinem grauschwarzen Gesicht ein fetter, weißer Milchbart, und sah die Elfe betreten an.

»Sie hat einen komischen Ton gemacht.«

»Sie hat geniest. Ich hab's gehört. Davor mußt du keine Angst haben.«

»Ich wollte einen Schluck Milch mit hochbringen. Hat nicht geklappt.«

Aelva, noch schwach und müde, lächelte Ronan an und deutete auf seine Schnurrhaare. »Ich brauche nicht viel. Der Tropfen, der daran hängt, reicht mir.«

Ronan schielte auf sein Barthaar und grinste ein kätzisches Grinsen.

»Na, dann nimm ihn dir!« Er neigte sich vor und ließ den Tropfen auf ihre Lippen fallen. Sie leckte ihn ab.

»Noch einen?«

»Mhm.«

Es wurde zur täglichen Routine, daß Ronan ihr von seiner Milch brachte. Er entwickelte eine bewundernswerte Fähigkeit, seine prachtvollen Barthaare mit der Flüssigkeit zu netzen und sie fast ohne Verlust zum Krankenlager der Elfe zu bringen. Als die Wintersonnenwende vorüber war, fühlte sich Aelva schon viel kräftiger. Nur ihre Flügel hingen schlaff wie abgestorbene Blätter von ihrem Rücken. Einmal fragte der Kater sie, ob es irgend etwas gebe, was er tun könne.

»Ich werde im Sommer versuchen, durch das Tor zu meiner Sippe zu gelangen. Bei uns gibt es Heiler, die es richten können. Hoffentlich finde ich den Dolmen. Dieser schreckliche Falke hat mich weit von der mir bekannten Gegend fallen gelassen.«

»Wenn das Wetter besser wird, schaue ich mich mal ein wenig um. Einen Dolmen, sagst du?«

Aelva beschrieb ihm Lage und Aussehen, so gut es ging, und als der kalte Regen endlich nachließ und die Tage etwas wärmer wurden, durchstreifte der Kater das Land, befragte seine Brüder und sogar eine alte Luchsin. Als Tag und Nacht gleich lang waren, hatte er die Stelle gefunden.

Die Elfe hatte sich inzwischen so weit wieder erholt, daß sie ein wenig im Stall auf und ab spazieren konnte, aber Schmerzen litt sie noch immer. Ihre Rippen waren zusammengewachsen, die vielen Prellungen abgeheilt, ihre rechte Schulter blieb jedoch ausgekugelt. Sie klagte indes nicht. Ronan tat, was er konnte, und hatte ihr auch angeboten, sie am Mittsommertag auf seinem Rücken zum Dolmen zu tragen. In der Zwischenzeit aber bat er, sie eine Weile alleine lassen zu dürfen, denn ein paar liebenswerte Kätzinnen verlangten seine Aufmerksamkeit. Darum geschah es auch, daß Maela eines Nachmittags die Elfe an ihrem vollen Melkeimer sitzen sah, irgendwie unschlüssig, wie sie an dessen Inhalt kommen sollte. Entsetzt beobachtete das Mädchen, wie die Kleine sich umdrehte und sie fragte: »Kannst du mir bitte helfen?«

»Ich darf dich nicht sehen«, stieß Maela hervor und kniff fest die Augen zusammen. »Nein, ich darf dich nicht sehen.«

»Aber hören kannst du mich doch, oder?«

Maela stopfte sich die Finger in die Ohren und schüttelte den Kopf.

Aelva legte traurig den Kopf an den Eimer. Da konnte man nichts machen. Dabei wollte sie nur ein paar Tropfen Milch schlecken, denn sie war ziemlich hungrig geworden. Drei Tage war Ronan nun schon unterwegs, und sie hatte sich mühsam die Leiter vom Heuboden nach unten gehangelt, in der Hoffnung, seine Nahrungsquelle nutzen zu können.

In Maela aber siegte die brennende Neugier. Die Großmutter hatte ihr so viele Geschichten über das Kleine Volk erzählt, und eigentlich hatte sie sich immer gewünscht, einmal einer Elfe zu begegnen. Ganz vorsichtig öffnete sie ein Auge und spähte zu der Kleinen hinüber. Dann machte sie es schnell wieder zu. Es war ja Sünde, an solche Wesen zu glauben.

Oder?

Was hieß eigentlich Glauben?

Es war doch da, dieses Geschöpf.

Noch einen mutigen Blick wagte sie, jetzt schon etwas länger.

Unverkennbar saß da eine Elfe. Traurig und ziemlich ramponiert.

Einen Finger nahm sie aus dem Ohr und hörte somit auch das leise Seufzen.

Ein so hübsches Wesen und so unglücklich – das konnte man doch nicht einfach übersehen. Da mußte man doch helfen. Nächstenliebe sollte man schließlich üben, hieß es immer wieder.

Maela kniete neben Milcheimer und Elfe nieder und fragte: »Was kann ich denn für dich tun, ehrenwerte Kleine?«

Überrascht schaute Aelva auf.

»Wenn du mir bitte ein ganz kleines bißchen Milch geben würdest. Du siehst ja, ich kann nicht hochflattern, um über den Rand des Eimers zu kommen.«

»Ja, natürlich. Nur – woraus willst du trinken?«

»Tropf mir was in die Hände.« Aelva formte aus ihren Händen einen Becher, aber Maela hatte plötzlich eine bessere Idee. In ihrer Schürzentasche, die wie alle Schürzentaschen der Welt Aufbewahrungsort für allerlei nützlichen Krimskrams war, befand sich ihr Fingerhut, den sie beim Sticken verwendete. Er war aus Porzellan und mit winzigen Blüten bemalt. Ihn fischte sie heraus, füllte ihn mit Milch und reichte ihn der Elfe. Ein strahlendes Lächeln belohnte sie.

»Och, der ist aber hübsch«, hauchte Aelva und trank dann durstig den Inhalt aus. »Jetzt ist mir viel besser. Danke, Mädchen.«

»Noch einen?«

»Mhm.«

Nachdem sich Maela nun überwunden hatte, die verbotene Elfe wahrzunehmen, konnte sie es nicht lassen, sie immer eingehender zu mustern. Aelva ließ es gutmütig über sich ergehen, und als das Mädchen herumdruckste, nickte sie schließlich und meinte: »Schon gut, ich erzähle es dir.«

Fasziniert lauschte Maela den Abenteuern der Kleinen. Das übertraf ja noch die Geschichten der Großmutter. Als die Elfe geendet hatte, schüttelte sie fassungslos den Kopf.

»Ronan, der Kater hat dich gerettet? Der scheue Räuber?«

»Räuber vielleicht, aber scheu ist er nicht. Er hat nur keine Freunde unter den Menschen. Früher hätten wir zwischen euch vermittelt, aber inzwischen – na, du weißt ja.«

Richtig, Maela wußte es nun und freundete sich mit der Elfe an, füllte getreulich den Fingerhut mit Milch und brachte ihr, wann immer süßes Gebäck zubereitet wurde, davon eine kleine Gabe. Sie hätte sich auch gerne ihre Bekanntschaft mit Ronan vertieft, aber der Kater blieb, obwohl Aelva ihn versuchte zu überreden, zurückhaltend, als er von seinen Liebesabenteuern zurückkehrte.

Dann kam die Mittsommernacht, und am Abend verabschiedete Maela sich von ihrer Elfenfreundin.

»Ich verstehe ja, daß du zu den Deinen gehen mußt, aber es ist schade, daß ihr diese Welt verlassen habt, ehrwürdige Kleine.«

»Ich brauche ihre Heilkunst, aber ich werde dich und diesen Kater sehr vermissen.«

»Aelva, wenn ich dir verspreche, daß ich später meinen Kindern und deren Kindern und all meinen Nachfahren getreulich über das Kleine Volk berichte, damit sie sich nicht blind und taub euch gegenüber stellen, und sie dazu anleite, Brot und Milch vor die Tür zu stellen, würdet ihr dann irgendwann zurückkehren?«

»Ich werde es unserer Königin vortragen, Maela. Mehr kann ich nicht tun.« Dann aber wurde Aelva nachdenklich, und plötzlich erschien ein spitzbübisches Lächeln in ihrem Gesicht.

»Was heckst du aus?« Wohlwissend, daß Elfen zu gerne

Schabernack trieben, hörte sich Maela ziemlich argwöhnisch an.

»Oooch, nur eine Kleinigkeit. Laß dich überraschen! Und nun muß ich gehen. Ronan bringt mich zum Dolmen an der Wilden Küste. Leb wohl, Menschenmädchen. Und kümmere dich gut um Ronan.«

Maela versprach es, obwohl sie vermutete, daß der Kater es kaum zulassen würde. Sie beobachtete, wie der Grauschwarze in den Stall schlich und sie skeptisch beäugte. Aelva ging zu ihm und schwang sich auf seinen Rücken. Ein Winken noch, und beide waren verschwunden.

Es war ungewöhnlich warm gewesen in diesem Juni, und ausgerechnet den längsten Tag des Jahres krönte ein heftiges Gewitter. Es rumpelte mächtig über dem Meer, Sturmböen peitschten die Wellen auf, flammende Blitze fuhren nieder, wahre Wasserfluten strömten vom Himmel.

Maela sah in die tobende Finsternis hinaus und mußte sich mehrfach den Vorwurf gefallen lassen, sie sei saumselig. Ihre Gedanken aber waren bei der Elfe und dem Kater. Sie bangte um beide und hoffte, daß sie den Dolmen unbeschadet erreichten. Sie kannte ihn auch ziemlich genau, war aber angewiesen worden, diese heidnische Stätte tunlichst zu meiden, da angeblich böse Geister dort ihr Unwesen trieben.

Ein besonders greller Blitz schlug in der Nähe ein, und ein ohrenbetäubender Donner krachte. In der Dunkelheit sah sie einen Baum wie eine Fackel auflodern. Nur mit Mühe gelang es ihr, einen entsetzten Aufschrei zu unterdrücken. Hinter ihr in der Stube begannen die Menschen Gebete zu murmeln, und nicht alle hatten den von den strengen Glaubensmännern vorgeschriebenen Wortlaut. Schon gar nicht die Gebete der Großmutter.

Welche der Gebete nun mehr nützten, konnte wohl keiner sagen, Tatsache aber war, daß das Gewitter abzog, ohne größeren Schaden angerichtet zu haben. Niemand war vom Blitz erschlagen worden, der Hagel hatte das Getreidefeld verschont, kein Zicklein war im reißenden Bach ertrunken, keine Schindel vom Dach geweht.

Nur der Kater blieb verschwunden.

Maela war die erste, die es bemerkte, denn am nächsten Tag war die Milchschüssel unberührt. Zunächst glaubte sie noch, er streunerte durch die Felder, doch als auch am zweiten und dritten Tag die Milch sauer wurde, machte sie sich ernsthafte Gedanken. War er etwa Aelva in die Anderwelt gefolgt? Sie fragte, ganz vorsichtig, die Großmutter aus, die das jedoch verneinte. Nicht ein gesunder, junger Kater. Wenn er alt oder krank gewesen wäre, dann vielleicht.

Also machte Maela sich weiter Sorgen, und schließlich, als die Tagesarbeit getan war, wanderte sie über die Felder in Richtung Wilde Küste und rief dabei immer wieder Ronans Namen. So näherte sie sich auch dem geheimnisvollen Dolmen. Hier bot sich ein schreckliches Bild. Die hohe Pinie, die neben dem Steintisch gestanden hatte, war geborsten, die Hälfte des Stammes niedergebrochen, der stehende Stumpf verkohlt. Der andere Teil lag vor dem Eingang des alten Grabes. In Maela keimten schlimmste Befürchtungen auf.

»Aelva? Aelva, bist du noch hier?«

Es kam keine Antwort, nur das Meer schlug mit seinem ewigen Raunen gegen die Felsküste.

Oder?

»Aelva?«

Ein leiser Jammerlaut – ja, war da nicht ein ganz leiser Jammerlaut zu hören?

Tief aus dem Dolmen?

Aus dem Dolmen? Nein, wenn Aelva es in den Dolmen geschafft hatte, dann war sie auch durch das Tor getreten. Also jammerte da ein anderer.

»Ronan? Ronan?«

Wieder der Jammerlaut, jetzt deutlicher. Außerdem kratzte jemand an dem Stamm.

Es mußte der Kater sein, der dort drinnen gefangen war und dem der umgestürzte Baum den Ausgang versperrte. Maela überlegte angestrengt. Wegzerren konnte sie den Stamm nicht, die Steine selbst waren ohnehin viel zu schwer und tief im Erdreich verankert. Sollte sie Hilfe holen? Das würde aber bedeuten, daß sie gestand, etliche Verbote übertreten zu haben, und ob überhaupt jemand sich überreden ließ, sich wegen eines Katers zu dem geheimnisumwobenen Dolmen zu begeben, war auch fraglich.

Noch einmal erklang das Jammern.

Sie hatte Aelva versprochen, sich um den Kater zu kümmern.

Versprechen mußte man halten.

Vor allem Elfen gegenüber.

Sie zog an dem Stamm, aber das nadelige Geäst zerkratzte ihr nur die Arme.

»Ronan, du mußt noch eine Weile ausharren. Ich laufe nach Hause und hole die Axt«, rief sie in den Dolmen hinein, und ein Maunzen antwortete ihr.

Holzhacken war zwar eine Tätigkeit, der sie üblicherweise nur ungern nachging, aber sie war ein kräftiges Mädchen, und nun kam ihr die Fähigkeit, mit der Axt umzugehen, zustatten. Es war jedoch harte Arbeit, erst einmal das grobe Geäst zu entfernen und dann den harzigen Stamm zu bearbeiten. Beinahe bis zum Sonnenuntergang brauchte Maela, dann war es geschafft. Sie konnte einen Teil der Pinie vor dem Eingang des Dolmens fortziehen und schaute in die grün schimmernden Augen des Katers. Er kam ganz langsam aus dem alten Grab heraus und hielt vorsichtigen Abstand. Mager war er geworden, sein Fell war staubig und voller Spinnweben, die Vorderpfoten hatte er sich blutig gekratzt bei seinem Versuch, dem Gefängnis zu entkommen.

»Ronan, Ronan«, murmelte Maela leise, und es hörte sich an wie ein sanftes »Ronronron«.

Der Kater setzte sich nieder und gab ein ähnliches Geräusch von sich.

»Ronronron«, schnurrte er.

Maela hielt ihm ihre Hand entgegen, und er wagte es, daran zu schnuppern.

»Hast du Aelva gut zu ihrem Ziel gebracht, Ronan?«

»Mirrrip!«

Maela lächelte glücklich. Der Kater verstand sie.

»Komm, dann wollen wir nach Hause gehen.«

»Mirrrip.«

Als sie sah, wie vorsichtig humpelnd Ronan hinter ihr herschlich, blieb sie kurzerhand stehen und hob ihn auf ihre Arme. Er wehrte sich nicht, und als sie den Kuhstall erreicht hatten, schmiegte er sich sogar vertrauensvoll an ihre Schulter.

Die Milchschüssel wurde hungrig geleert, und dann passierte etwas Seltsames. An einem der schwarzen Schnurrhaare hing das letzte Tröpfchen Milch, und während es zu zur Spitze lief, verfärbte sich eben jenes kohlrabenschwarze Schnurrhaar golden.

»Oh, wie hübsch!« rief Maela aus und streichelte Ronan. »Das hat dir bestimmt Aelva geschenkt.«

Der Kater schielte zu dem glitzernden Haar und meinte lapidar: »Mau!«

Am nächsten Morgen fand Maela das goldene Schnurrhaar in der leeren Milchschüssel. Sehr sorgfältig hob sie es auf und versteckte es in dem Kästchen, in dem sie all ihre kleinen Schätze sammelte. Ronan, zutraulich geworden, zeigte ihr zwei Tage später, daß ein neues, ganz kleines, goldenes Schnurrhaar an derselben Stelle seiner hellen Schnauze nachwuchs.

Von diesem Zeitpunkt an löste sich jedes Jahr zur Mittsommernacht das goldene Schnurrhaar. Getreulich sammelte Maela es auf. Aus den feinen Goldfäden flocht sie nach alten Mustern ein zierliches Amulett, das Jahr für Jahr ein wenig größer wurde.

Und ihren Kindern und Kindeskindern erzählte sie die Geschichte von Aelva und dem Kleinen Volk. Manchmal hatten sie deswegen mit Schwierigleiten zu kämpfen, wurden beschimpft und verleumdet, aber alle stellten abends Milch und Elfenbrote auf den Fenstersims, und wenn auch vielleicht der eine oder andere Vogel die Krümel pickte und manch streunende Katze die Milch aufleckte, so gaben sie doch nie die Hoffnung auf, daß die Elfen einst zurückkommen würden.